AF391966

Humour extrême

Une enquête de Fripon et Lajambe

Michel Larocque

Dépôt légal – 2024
Bibliothèque et Archives Canada
Bibliothèque et Archives nationales du Québec

Du même auteur

Short Stories
Cats, Dogs, and Humans, iUniverse

Roman
De Floride proviennent les oranges, Éditions de la Francophonie

À Liane et François
En souvenir de nos folles soirées bien arrosées autour d'une
table bien garnie

Sommaire

Sommaire

Entracte

— Bravo ! Bravo ! Bravo ! lancent les spectateurs debout, applaudissant à tout rompre.

Certains félicitent l'artiste comme s'ils le connaissaient depuis toujours.

— C'est beau, Raymond ! Encore !

La salle bondée scande son nom à l'unisson.

Sur la scène de l'Électra dépouillée de tout décor, Raymond Saint-Jean, tout de noir vêtu, reçoit les compliments du public en inclinant la tête.

— Merci ! répète-t-il inlassablement.

Col de chemise ouvert, manches relevées, sourire moqueur, il semble parfaitement en contrôle de ses moyens. De petite taille, plutôt maigre, Raymond Saint-Jean ne paraît pas ses trente-huit ans ; on lui en donnerait vingt-cinq tout au plus. Cheveux foncés, courts, traits prononcés, nez busqué, grande bouche, menton avancé, on le devine intelligent et espiègle, sans doute à cause de ses yeux brillants, de son regard vif.

— Merci ! Merci !

Vedette de l'heure au Québec, Raymond Saint-Jean se spécialise dans l'humour noir. En monologues et en chansons, il se paie la tête des personnalités. Certains le trouvent méchant, blessant même, mais en général, on l'adore et il bénéficie d'une presse élogieuse.

– Gardez des applaudissements pour tantôt, dit Saint-Jean. Ce n'est pas terminé.

Les spectateurs, reconnaissants envers celui qui les divertit si bien, n'en finissent plus d'exprimer leur gratitude.

– Le temps de reprendre mon souffle, ajoute l'artiste voyant qu'il ne parviendra pas à tempérer les élans de son public, et je vous reviens. Merci !

Le rideau se referme. Se remettant peu à peu de leurs émotions, les gens se calment. L'heure de la pause a sonné. Les grandes portes à l'arrière de la salle s'ouvrent, la foule envahit le bar-restaurant. Les fumeurs se précipitent à l'extérieur. D'un geste hâtif, s'allument une cigarette et inhalent profondément, comme s'il s'agissait d'une bouffée d'air frais. Les assoiffés se précipitent au bar. Les files d'attente s'allongent devant les toilettes. Les pisse-minutes, qui ont réussi à tenir le coup pendant près de quarante-cinq minutes, se dandinent d'une jambe sur l'autre.

Des groupes se forment. On commente abondamment le nouveau spectacle de Raymond Saint-Jean. Le talent de l'artiste ne fait aucun doute dans l'esprit de chacun. Certains ne trouvent pas les mots pour qualifier son génie.

– Super ! Décapant ! Décoiffant ! Ça déménage !

D'autres en profitent pour épater leur auditoire en étalant leur culture à deux sous.

– Saint-Jean pose un regard neuf sur la société, affirment-ils. Sa façon de tourner au ridicule les discours des politiciens est absolument renversante. Quelle finesse d'esprit !

Les critiques, ravis d'avoir de la matière à se mettre

sous la dent, parlent du choix judicieux des sujets abordés qui reflètent les préoccupations sociales actuelles, de la sobriété du décor qui rehausse la présence de l'artiste, de la simplicité de l'habillement qui fait ressortir le geste et l'expression du visage, de l'utilisation du noir qui se veut un clin d'œil à l'existentialisme…

Soudain, provenant de la salle, un cri déchirant perce le tumulte de la foule qui, peu à peu, se tait. Les gens s'interrogent du regard. De quoi s'agit-il? D'une plaisanterie? Et pourtant, l'horreur semble si près.

Quelques-uns se précipitent à l'intérieur. Sur la scène, devant les rideaux fermés, un homme tente de calmer une jeune femme blonde complètement hystérique.

— Il a tué mon mari! Arrêtez-le! lance-t-elle en le repoussant.

— Ce n'est pas moi, je n'ai rien fait.

Plusieurs spectateurs se jettent sur l'individu et l'immobilisent au sol. Il ne cesse de proclamer son innocence. Les cris se mêlent aux pleurs et aux invectives. Tout le monde est estomaqué.

On vient d'assassiner Raymond Saint-Jean dans sa loge.

Un nouvel emploi

Avez-vous visité Montréal fin juillet, début août ? Une sévère canicule sévit, transformant la ville en véritable sauna. L'île est sous l'influence d'un microclimat, affirment les météorologues. Ils n'ont jamais si bien dit, le phénomène est de plus en plus fréquent au Québec. En quelques heures, le soleil de plomb fait grimper le mercure à plus de 35 degrés Celsius, la pression atmosphérique et le taux d'humidité s'élèvent considérablement. La chaleur devient insupportable.

Bien que cela se répète chaque année, on ne s'y habitue pas. Comment s'acclimater au manque d'oxygène ? À l'air lourd ? À cette pression sur les épaules ? Toute activité physique devient difficile. Les vêtements collent à la peau. On rêve d'une pluie qui, malheureusement, ne vient pas. L'eau, hier abondante, se raréfie. À la radio, on demande aux gens de ne pas arroser les pelouses ni de laver les automobiles. Chacun tente de se rafraîchir comme il peut. Dans les magasins, les stocks de ventilateurs et de climatiseurs sont épuisés. Les piscines municipales sont bondées d'enfants criards. Les personnes âgées, particulièrement affectées par la chaleur accablante, sont invitées à ne fréquenter que des lieux climatisés.

Dans ce climat de grandes sueurs collectives, Réal

Frigon, jeune homme de vingt-cinq ans, sort de la station de métro, angle de Maisonneuve et Saint-Laurent. Il a le physique de ceux qui passent inaperçus. Un mètre soixante-dix, soixante-quinze kilos, cheveux noirs, courts, traits peu prononcés, visage sans expression, il observe les gens et les objets attentivement, sans montrer le moindre signe d'étonnement.

De toute évidence, Réal n'est pas Montréalais. Son regard est constamment attiré par des détails auxquels ne s'attardent plus les citadins : les graffitis sur les immeubles ; les poubelles débordantes de déchets ; la merde de chiens sur le trottoir ; les pigeons qui trottinent sur le pavé, trop lourds pour s'envoler ; les clochards ivres morts, étalés dans les parcs… Non, Réal n'est pas d'ici. Qui porterait si beau costume, chemise blanche et cravate nouée, par une chaleur pareille ?

Dans la foule qui se déplace mollement, Réal s'immobilise pour lire les écriteaux indiquant le nom des rues. « En montant Saint-Laurent, lui avait dit le préposé aux renseignements, vous croiserez Ontario. Ce n'est pas loin. »

Sachant qu'il va dans la bonne direction, Réal se joint au groupe de piétons qui attend au feu rouge. Du revers de la main, il s'essuie le front. Ouf ! Que c'est chaud ! Comment font-ils, les Montréalais, pour supporter ça ? se demande-t-il.

Depuis une semaine qu'il habite Montréal et la chaleur le fait suffoquer, lui et sa femme. Ils avaient été fort occupés. Malgré la canicule, ils avaient dû trouver un logement, un cinq et demi, et déménager. Quel enfer !

La grande ville, pense Réal en soupirant, ça pue ! Dans

le métro, l'odeur de caoutchouc brûlé produite par les pneumatiques contre les rails se mêle aux effluves des passagers entassés dans un espace réduit. Pas du tout agréable pour un individu qui a toujours respiré l'air des grands espaces ! À l'extérieur, la situation n'est guère meilleure. Le monoxyde de carbone des tuyaux d'échappement des voitures reste en suspens dans l'air qui ne circule pas. Depuis plus d'une semaine qu'un coup de vent n'a pas balayé le smog grisâtre qui recouvre la ville. Et il s'épaissit de jour en jour.

Le feu passe au vert. Les autos démarrent, les pneus crissent. Les piétons s'engagent sur le boulevard. Sur le bitume, un film gras. Ça prendrait une bonne pluie pour nettoyer tout ça, pense Réal.

Avant de s'y installer, Réal n'avait jamais visité Montréal. Natifs de Deep River, agglomération de petite taille du nord de l'Ontario, ses parents avaient déménagé à Sudbury alors qu'il avait douze ans. Pour cet enfant unique, le choc fut brutal. Il quittait la nature, le calme, et devait s'adapter à une grande ville.

Une décennie plus tard, à l'âge de vingt-deux ans, il partit de Sudbury et vint étudier à Hull, municipalité québécoise située en bordure de l'Ontario. Marié depuis peu à une fille de Sudbury originaire de Moonbeam, charmant village ontarien, Réal vivait confortablement installé dans son appartement et ne voyageait pas, sinon pour rendre visite à sa famille et celle de son épouse qui demeuraient toujours à Sudbury.

La première découverte de Réal : Montréal est une ville cosmopolite où habitent plusieurs minorités visibles importantes. « Je ne suis pas habitué à voir tant de nationalités, expliquait Réal à son sympathique voisin de palier, monsieur Romain, venu saluer les nouveaux locataires dès leur arrivée dans l'immeuble. »

Le fait que tant de personnes en provenance de diverses régions du monde se côtoient dans une même agglomération soulevait la curiosité de Réal. Il s'amusait naïvement à classifier les gens selon la couleur de leur peau : du caramel au chocolat, du jaune à l'orangé, du rosé au rougeaud et du blanc laiteux au beige pâle. Selon les dires de son voisin, monsieur Romain, Montréal réunit toute une gamme d'épidermes, dont certaines sont à prendre avec des pincettes. Qu'entendait-il par ces propos ? Réal n'en avait pas la moindre idée, alors il ne répliquait pas.

Des Chinois venus faire leurs emplettes dans le Chinatown remontent lentement le boulevard Saint-Laurent, les bras chargés de sacs de victuailles. Comment distingue-t-on un Chinois d'un Vietnamien ? D'un Japonais ? D'un Cambodgien ? se demande Réal en les observant. Dans l'encadrement des portes de magasins d'appareils électroniques, des Indiens, turban enroulé autour de la tête, attendent les clients en dévisageant les piétons. Ici, c'est moi l'étranger ! pense Réal.

Rue Ontario, Réal prend à droite vers l'Est. Sans interrompre sa marche, il tire de la poche de son veston une lettre qu'il déplie avec mille précautions et la parcourt pour la millième fois. Puis, il range soigneusement le document au même endroit.

Devant lui, un grand immeuble de verre teinté bleu se démarque nettement des bâtiments avoisinants plutôt vétustes.

« Qu'il est beau, ce poste ! » ne peut s'empêcher de murmurer Réal. On lui avait dit qu'il travaillerait dans un édifice neuf, Réal ne l'avait pas imaginé si moderne, si esthétique. Comment ne pas éprouver un profond sentiment de fierté ?

À l'entrée principale, un écriteau indique : SPVM — Service de police de la Ville de Montréal. Réal avale sa salive. L'émotion l'étrangle. Depuis le temps qu'il rêve à ce moment ! Il s'engage sur la chaussée. Un tonnerre de klaxons et de crissements de pneus retentit.

« Veux-tu te faire tuer, espèce de cave ? » crie un conducteur qui avait évité Réal de justesse. Confus de sa maladresse, il s'excuse et, tout en demeurant au beau milieu de la voie, multiplie les courbettes. « Reste pas planté là, épais ! Avance ou recule ! »

Réal traverse la rue. Son cœur bat à vive allure, secoué par des palpitations. Un arrêt s'impose. Respirer profondément, retrouver son calme. Ah ! La grande ville ! Où en était-il ? Il se disait fier de faire partie de la force policière de Montréal.

Tout avait commencé voilà plusieurs années alors qu'il travaillait comme agent de sécurité dans un important centre commercial de Sudbury. Il adorait son emploi qui lui procurait confort et tranquillité. La rémunération n'était pas élevée, certes, mais on ne peut pas tout avoir dans la vie, se disait Réal. Quand on gagne un petit salaire, répétait-il, on dépense moins, c'est tout. Tout était simple dans la tête de Réal. Il aurait sans doute occupé ce poste à jamais, n'eût été son père qui, un jour, l'incita à voir plus grand. Lui-même agent de sécurité depuis près de quarante ans, il lui confia, à la veille de sa retraite : « Je pense ben que j'aurais eu la capacité de faire une job moins dull. Mais la vie est passée trop vite, God! I didn't have time to make up my mind about something else to do. Fais pas la même mistake, son. Jump into the life! »

Paroles troublantes pour un garçon qui croyait que son père avait mené une existence trépidante. Réal était convaincu d'effectuer un métier dangereux, ce n'était pas le cas. Quel choc! En bon fils qu'il était, il suivit le conseil de son paternel. Après trois ans de loyaux services, il abandonna son emploi d'agent de sécurité, termina son cours secondaire et s'inscrit au programme de techniques policières offert au cégep de l'Outaouais.

Pourquoi quitter l'Ontario et venir s'installer au Québec? Encore là, son père, d'origine belge, y était pour beaucoup. «My son, a-t-il dit à son fils un jour au retour d'un joyeux party de Franco-Ontariens où il avait dansé des squares dances toute la soirée, ta mère et moi avons fait de gros efforts pour garder notre langue française. French is such a beautiful language! À la maison, on discutait juste le français. Malgré ça, astheure, on est plus confortable en anglais qu'en français. Do you realize that? Goddamned! It's terrible! Fais pas comme nous autres, sans ça, tes enfants parleront pus français. Pense à ça pour le futur. Des jobs de cops, y'en a partout; pas du français. Right? »

L'esprit de Réal fonctionne comme un système binaire. Dans sa tête, une porte est fermée ou pas, jamais entrouverte. Aussi, lorsque Réal passe à l'action, il ne connaît pas les demi-mesures. Sans la moindre hésitation, il choisit d'étudier au Québec, là où la majorité parle français. Ainsi, il lui sera plus facile de trouver un emploi dans sa langue une fois son cours terminé. Il s'inscrit au cégep de l'Outaouais, maison d'enseignement collégial à proximité de la frontière ontarienne.

L'adaptation s'avéra ardue. Réal dut faire face à la dure réalité d'un Franco-Ontarien expatrié. À Sudbury, on lui répétait continuellement qu'il parlait anglais avec un drôle d'accent. Ravi, Réal répliquait avec fierté qu'il était Belge d'origine francophone. Lorsqu'il arriva au Québec, il croyait bien avoir réglé ce problème d'identité. Mais non ! On prétendait qu'il s'exprimait mal et on le corrigeait comme une enfant. « On ne dit pas canceller un appointment, mais plutôt : annuler un rendez-vous. » Ou encore, « Voilà l'individu que je te parlais de », ce n'est pas une bonne tournure pour « voilà l'individu dont je te parlais. »

La première année au Québec fut difficile. Réal était venu affirmer son identité linguistique et l'on soulignait continuellement la pauvreté de son français, truffé d'anglicismes. Chaque fois qu'on lui en faisait la remarque, il pensait à ce documentaire qu'il avait vu à la télévision où l'on montrait une vieille femme du Vaucluse, en France, qui cherchait des truffes à l'aide d'un porc qu'elle tenait en laisse. Et les trouvailles de la dame étaient très appréciées de son entourage, sans compter qu'elle les vendait au marché à bon prix. Alors pourquoi les Québécois n'aiment-ils pas mes truffes anglaises ? se demandait Réal. Est-ce parce qu'elles proviennent de l'Ontario ? Les Québécois seraient-ils stuck-up ? Car il y a bel et bien une rivalité entre les deux provinces voisines. Réal se sentait assis entre deux chaises, à cheval sur deux cultures. Mais il ne pouvait pas changer d'idée, il n'en avait qu'une seule ; il apprit donc à composer avec les deux identités linguistiques. Il corrigea son français du mieux qu'il put. Si les Québécois sont chatouilleux avec la langue et n'entendent pas à rire à ce sujet, ce n'était pas son problème après tout. Une fois terminée cette période d'adaptation, Réal se plut au Québec.

Trois ans plus tard, à la fin de son cours, Réal fit des demandes d'emploi dans les grandes villes du Québec. Lorsqu'il reçut la réponse affirmative de la ville de Montréal, il était tellement ému, qu'il versa une larme, une seule, en pensant à son père qui l'avait poussé à se dépasser. Il ne lui restait plus qu'un stage de quelques semaines à effectuer à l'École nationale de police du Québec, puis il serait enfin en fonction.

En cette fin de matinée du mois de juillet, lorsque Réal pousse la porte d'entrée du Service de police de la ville de Montréal, toutes ces années d'effort et d'acharnement qu'il s'était infligées pour réaliser son rêve lui reviennent à l'esprit.

L'air frais qui règne à l'intérieur lui fait du bien. Quel bonheur ! Il va travailler dans des bureaux climatisés. Fini la chaleur !

Le hall, haut et large, alliant verre et granit, rappelle les couleurs extérieures de l'édifice. Outre une imposante sculpture en métal au milieu de la pièce, la vaste salle dépouillée de toute décoration donne une impression de modernisme, comme dans les films de science-fiction. Sur la droite, une série de portes gris-bleu, au centre, les ascenseurs et, sur la gauche, un comptoir de renseignements. Des agents vont et viennent en tous sens, circulant entre les locaux à l'aide d'une carte magnétique. Réal est surpris de croiser tant de policières. Bien qu'il ait côtoyé nombre de femmes lorsqu'il étudiait au cégep, il ne pensait pas en voir autant en fonction. Une autre caractéristique de la grande ville !

Réal se dirige vers les renseignements. Un homme dans la cinquantaine avancée discute avec le préposé. Il a posé son veston sur le comptoir et retroussé les manches de sa chemise bleu ardoise. Les multiples faux plis de son complet élimé témoignent qu'une visite au nettoyeur serait bienvenue. Bien que de taille moyenne, l'individu en impose : grosse tête grisonnante, chevelure abondante en bataille, front proéminent, nez busqué, menton carré et large bouche débitant des cascades de paroles.

— Tu ne comprends rien à rien, espèce de tordu. J'ai inséré toutes mes pièces d'identité dans la fente et ça ne s'ouvre toujours pas. Faut pas déconner !

— Vous devez utiliser la carte magnétique.

— Et en plus de bouffer tous mes papiers, elle m'a crié des injures, la salope. Ça va pas, non ? Votre foutu système à la con, c'est de la merde !

— O. K. Je vous laisse entrer cette fois-ci, mais à l'avenir, appliquez la procédure adéquatement.

— Et mes pièces d'identité ?

— Vous les récupérerez en sortant.

Le préposé appuie sur un bouton qui commande l'ouverture d'une porte d'ascenseur.

— Connerie ! lance l'homme en s'engouffrant dans la cage.

L'agent soupire profondément.

— Certains ne comprennent pas ça, le progrès technologique, dit-il à voix haute, pour expliquer le comportement disgracieux de l'énergumène qui vient de quitter les lieux.

Puis, se tournant vers Réal, il lui demande :

– Est-ce que je puis vous être utile, monsieur ?

– J'ai rendez-vous avec le sergent Letarte, répond Réal, après un instant d'hésitation.

– Avez-vous un avis de convocation ?

– Oui, dit-il en sortant de la poche de son veston la précieuse lettre de son acceptation.

Le préposé examine le document.

– Est-ce que vous avez des pièces d'identité ?

– Certainement.

Réal présente son permis de conduire et sa carte d'étudiant du cégep de Hull.

– C'est bien, dit-il, après avoir vérifié les informations sur l'écran de son ordinateur. Derrière vous, prenez le numéro quatre jusqu'au dixième, le bureau du sergent Letarte est le 1022.

– Merci.

Réal récupère ses papiers et se dirige vers l'ascenseur.

Dixième étage, annonce une voix monocorde venue de nulle part. La porte s'ouvre sur un long corridor bordé de panneaux transparents. Tout en cherchant le local 1022, Réal observe les agents à leur poste. Certains se redressent et regardent l'intrus en fronçant les sourcils. Réal leur sourit, béatement, et les salue en inclinant la tête. Un de ceux-ci est peut-être mon futur compagnon de travail, se dit-il. Soudain, une idée lui traverse l'esprit : s'il doit former une équipe avec une policière, que fera-t-il ? Bien qu'il sache depuis longtemps qu'il y a de plus en plus de femmes dans la profession, il n'avait jamais pensé à cette éventualité. La question est très importante pour Réal. La gent féminine produit un curieux effet chez lui : elle lui fait perdre le peu de moyens dont il dispose. Réal est un grand timide, la gêne le paralyse. Ça lui a pris deux ans avant de regarder son épouse dans les yeux.

– Je puis vous aider, monsieur ?

– Euh !

Bras ballants, bouche entrouverte, Réal est immobile au milieu du corridor.

– Ça va ?

– Oui ! Euh ! Je pensais seulement à… euh !

– Quel bureau cherchez-vous ?

– Le 1022.

– C'est au bout, à droite.

– Merci.

Chassant de son esprit les inquiétudes concernant l'identité de son futur compagnon de travail, Réal se remet en marche. On verra bien, se dit-il.

Entrer sans frapper, indique une note apposée sur la porte du local 1022. Réal s'exécute.

– Bonjour ! dit la secrétaire affairée à son écran cathodique.

– Bonjour ! J'ai un rendez-vous avec le sergent Letarte.

– Vous êtes monsieur ?

– Frigon, Réal Frigon.

– Très bien, asseyez-vous, ce ne sera pas long.

– Merci.

La préposée quitte son bureau, Réal se dirige vers la salle d'attente. Sur une table basse, des brochures pêle-mêles. En page couverture de l'une d'entre elles, un agent de police affiche un large sourire. En gros titre : Les poulets ne sont pas des bœufs ni des chiens. Réal s'assied et la consulte.

— Bonjour, monsieur Frigon !

Réal se redresse, reconnaissant le personnage de la jaquette.

— Bonjour ! réplique-t-il en s'efforçant de dissimuler la douleur causée par l'étau qui lui serre la main.

— Par ici, dit Letarte. Nous avons de nombreux sujets à discuter.

Tout en frottant ses phalanges meurtries, Réal se dirige vers l'endroit indiqué. Quelle poigne ! L'individu fait un mètre quatre-vingt-dix et pèse plus de cent kilos. Jovialité et vitalité sont sa marque de commerce. Visage rond, accentué par une sévère calvitie, yeux brillants, pommettes saillantes, grand sourire, il aurait pu être clown dans un cirque. D'ailleurs, chaque année, au temps des fêtes, c'est lui qui se déguise en père Noël pour remettre les cadeaux aux enfants. Il connaît un énorme succès.

Entrant dans le bureau, le sergent ouvre largement les bras et lance d'une voix forte :

— Tout d'abord, mon cher monsieur Frigon, laissez-moi vous souhaiter la bienvenue au SPVM, le Service de police de la Ville de Montréal ! Nous sommes ravis de vous compter dans nos rangs.

— Merci ! répond Réal en se précipitant sur une chaise, de peur qu'il lui serre la main à nouveau.

— J'ai votre dossier ici. On va en faire le tour, puis je vais vous expliquer ce qu'on attend de vous.

— D'accord.

Le sergent s'assied et consulte les documents qu'il parcourt en grimaçant. Puis il se jette à la renverse, se carre les épaules et fixe le plafond. Tel un enfant sur un manège, il se berce, les mains agrippées aux bras du fauteuil. L'heure est grave, semble-t-il. Réal ne sait que faire, il tente sans succès de suivre le regard fuyant de son interlocuteur. Le sergent s'éclaircit la voix.

— Vos parents, des Belges immigrés au Canada dans les années 50, se sont installés à Deep River. C'est là que vous êtes né.

— Exact.

— C'est dans le nord de l'Ontario, je crois ?

— Oui.

— Est-ce loin de Montréal ?

— Euh ! Quatre cents kilomètres, environ.

— C'est pas à la porte !

Réal ne sait que dire, alors il se tait.

— C'est une belle région ?

— Ça dépend des goûts.

De toute évidence, le sergent tente de mettre le jeune homme à l'aise en l'incitant à parler de ses origines. Mais ses efforts ne donnent aucun résultat. Que cela ne tienne ! Il change de sujet en récapitulant les principaux événements qui ont marqué le parcours de Réal : ses antécédents belges, la vie à Deep River, le déménagement à Sudbury, l'agence de sécurité et le centre commercial où il travaillait, le retour aux études, le mariage, la venue au Québec, le cours de techniques policières au cégep de Hull et sa venue à Montréal. Réal regarde le film de son cheminement se dérouler devant lui sans dire un mot. Le sergent aurait aimé qu'il commente ses choix d'orientation. Mais c'est bien mal connaître Réal de s'attendre à une telle réaction de sa part. Dans la tête du jeune homme règne un vide absolu. Le néant. Un oiseau pourrait y faire son nid et y élever une nombreuse famille, sans rien déranger. Les idées lui viennent une à une, sans s'entrechoquer, avec un très grand laps de temps entre chacune. Quant aux éclairs de génie… aussi bien chercher midi à quatorze heures.

— Savez-vous quelles sont les tâches que l'on confie aux nouveaux ? demande brusquement le sergent, las d'épiloguer sur la vie terne de Réal.

— Au cégep, on nous disait que nous ferions sans doute beaucoup de patrouilles au début.

— Vos professeurs avaient raison.

Réal s'imagine au volant d'une voiture. Soudain, une idée lui passe par la tête. Que ferait-il s'il devait travailler avec une policière ? Réal se sent déjà mal à l'aise. De quoi va-t-il lui parler ? De quelle façon devra-t-il se comporter ? Ses mains deviennent moites, des sueurs froides coulent sur son front. Il serait sans doute préférable de confier immédiatement au sergent la gêne inexplicable qu'il éprouve en présence d'une femme.

— Mais nous avons un poste différent à vous offrir.

— Ah oui ?

— Dans nos rangs, nous comptons sur la présence d'un détective qui présente de nombreuses et loyales années de service. En fait, c'est le doyen. Il pourrait prendre sa retraite s'il le désirait, mais… il aime trop son métier pour le laisser. Ça nous arrange, il est très bon. L'individu est… Euh ! Comment dirais-je ? Un peu particulier. C'est un vieux garçon. Vous voyez le genre ? Il a ses habitudes et préfère travailler seul. Nous avons tenté plusieurs fois de lui adjoindre un collègue, ça n'a pas fonctionné. Il a un caractère que plusieurs qualifient de… Euh ! D'irascible.

Malgré cette ombre au tableau, nous sommes satisfaits de ses services et nous voulons le garder à notre emploi le plus longtemps possible. Vous vous demandez sans doute en quoi tout cela vous concerne.

Réal reste muet comme une carpe. Il réfléchit à la question posée, mais rien ne se présente à son esprit. Ne perdant pas espoir, il fouille dans les recoins de sa pensée. Une image émerge du brouillard. Un personnage se dessine. Qui est-ce ? Monsieur Primeau, un professeur du cégep qui enseignait la psychologie du comportement policier. Celui-ci répétait constamment aux étudiants : « Vous serez appelés à intervenir dans toutes sortes de situations. Un conseil : lorsque vous ne savez quel geste poser ou que vous ignorez ce dont il est question, ne faites rien, ne dites rien. Gardez le silence… Comme ça, vous n'envenimerez pas les choses. »

Réal, qui parle très peu, avait très bien réussi ce cours, particulièrement l'examen oral.

– Vous ne répondez pas, poursuit le sergent. J'admire votre perspicacité, vous ne voulez pas vous mettre les pieds dans les plats. Je vous comprends. Vous vous dites sans doute qu'il s'agit peut-être de votre futur compagnon de travail. Eh bien, voici. Le détective en question a un léger défaut, il a un penchant pour la bouteille. Au cours des dernières années, il s'est fait arrêter à plusieurs reprises en état d'ébriété alors qu'il conduisait. Nous avons fermé les yeux pendant un certain temps, mais, vous comprenez, avec toutes les campagnes de sensibilisation auprès de la population au sujet de l'ivresse au volant, nous devions intervenir. Il n'a plus son permis. Ce qui complique la situation, c'est que personne ne veut travailler avec lui. Ça, c'est l'aspect négatif de l'histoire. Malgré ce que je viens de vous apprendre, ne perdez pas de vue que l'individu est un très bon détective. Nous espérons le garder dans nos rangs. C'est ici que vous intervenez. J'ai pensé réunir dans la même équipe un vieux routier de la profession et un jeune qui en est à ses premières armes, qui ne connaît pas notre corps policier. Mon intention est claire : éviter les frictions en jumelant deux éléments hétéroclites. Vous êtes l'heureux élu.

Réal laisse échapper un soupir de soulagement. Ouf! Je ne travaillerai pas avec une femme, se dit-il. Le sergent, lui, interprète plutôt la réaction de Réal comme du dépit.

— Ne rejetez pas ma proposition trop vite, dit-il. Depuis ses déboires avec la justice, l'individu s'est amadoué. Vous savez, effectuer des filatures en autobus, en métro et en taxi, ce n'est pas tellement agréable. Bien qu'il ne veuille pas l'avouer, il est mûr pour un changement. Je vous offre l'occasion d'apprendre tous les trucs du métier en peu de temps. Vous pourrez…

— J'accepte votre proposition.

La réponse rapide de Réal cloue le bec du sergent.

— Vous… Euh! Vous m'étonnez, balbutie-t-il. Je ne m'attendais pas à une décision aussi hâtive. Je croyais que vous auriez demandé à rencontrer l'individu afin de vous faire une idée.

— Je suis d'accord, répète Réal, content de ne pas avoir à dévoiler ses complexes envers les femmes.

— Très bien. Euh!

Le sergent est vraiment embarrassé. Il gesticule, se gratte la tête, tourne quelques feuilles du dossier puis, finalement, comme un naufragé s'agrippe à une bouée, il empoigne les bras de son fauteuil et se redresse.

— Okay ! dit-il. Allons compléter les formalités pour l'émission de votre carte d'identité, vous pourrez ainsi circuler librement dans l'immeuble. Je ne vous cache pas que nous sommes très fiers de notre poste. Avec notre installation dernier cri et notre nouvel équipement, nous sommes à la fine pointe de la technologie et nous avons une bonne longueur d'avance sur tous les corps policiers d'Amérique du Nord, sinon du monde entier.

Réal sourit, heureux de faire partie du groupe.

— J'ai bien hâte de revêtir mon uniforme, dit-il. J'ai vu mon père en porter un toute sa vie et je l'enviais.

Réal en convient ouvertement, c'est pour cette raison qu'il avait entrepris une carrière d'agent de sécurité à l'âge de dix-huit ans. Ce vêtement procure confiance, autorité et respect. La nuit, lorsque Réal patrouillait dans les allées désertes du centre commercial avec comme seules armes sa lampe de poche et son volumineux trousseau de clés, il avait parfois peur dans le noir. Dans ces moments de crainte, il touchait à l'insigne de l'agence cousu sur son uniforme en se disant : c'est moi qui suis responsable des lieux. Cette sensation tactile le rassurait et lui donnait la force d'affronter le danger.

— Les détectives gardent leurs vêtements de civil.

— Ah ! s'exclame Réal, parvenant mal à dissimuler sa déception.

— Je sais ce que vous éprouvez et je vous comprends, dit le sergent. Moi-même, je ne me passerais pas du mien. Mais, je ne suis pas inquiet, vous vous habituerez, d'autant plus que vous ne l'avez jamais porté. Venez, on va s'occuper de votre carte d'identité.

XXXXX

Bien qu'il possède la carte magnétique qui lui permet de circuler librement dans le poste depuis plus d'une heure, Réal ne quitte pas le sergent d'une semelle, de peur de se perdre dans le labyrinthe de bureaux, de salles et de corridors. Après de nombreux détours, ils se dirigent vers un local dont l'accès est gardé par une fontaine d'un côté et de l'autre, par un classeur.

— Détective Lajambe, voici votre coéquipier, Réal Frigon, notre nouvelle recrue.

Réal reconnaît l'homme qui l'avait précédé au comptoir de renseignements à l'entrée. L'individu paraît soucieux. Il consulte attentivement un dossier étalé sur le bureau.

— Je suis ravi de faire ta connaissance, mon garçon ! dit-il en tendant la main à Réal.

— Enchanté !

— Messieurs, dit le sergent, excusez-moi, mais je dois me retirer, j'ai des choses urgentes à régler. Le devoir m'appelle.

Puis, s'adressant à Réal, il ajoute :

— Le détective Lajambe terminera votre visite du poste. On vous a remis une arme à feu, des pièces d'identité et votre carte magnétique, si vous avez besoin de quoi que ce soit, n'hésitez pas à me le demander.

Sur ces mots, le sergent disparaît à toute vitesse, avant même que ses interlocuteurs n'aient eu le temps de le saluer.

— Pressé de s'éclipser, Letarte, dit Lajambe. Tu lui as

serré la pince à ce conard ? Il se prend pour un crabe. Pour écrabouiller les phalanges, on ne fait pas mieux. Et il est pire depuis qu'il a suivi un cours sur la pensée positive avec un charlatan. Tu sais le genre d'imposteur muni d'un diplôme en développement de la personnalité émis par une université américaine dont on n'a jamais entendu parler. Tu gobes ça, toi, cette merde ?

Réal, qui ne comprend absolument rien aux propos de Lajambe, se contente de sourire bêtement.

— Ne reste pas planté debout comme ça, tu me donnes le vertige, dit Lajambe. Assieds-toi. Prends possession des lieux. Ça te plaît ?

La pièce, plutôt exiguë, est meublée avec le strict minimum : bureaux, chaises et étagères. Des boîtes de carton empilées dans un coin indiquent que l'on vient d'emménager depuis peu. Les murs beiges ennuyeux sont complètement nus.

— C'est un peu petit, dit Réal.

— Eh comment ! Un trou de souris. Te voilà dans de beaux draps, Fripon.

— Frigon ! Mon nom, c'est Frigon.

— On nous aurait foutus dans un placard, ce serait du pareil.

— Qu'est-ce que vous voulez dire ?

— Letarte a sûrement baratiné plein de conneries à mon sujet, je présume. Ne te gêne pas, dis-moi tout. Je suis capable d'en prendre.

Réal ne disant rien, Lajambe poursuit.

— Je sais ce qu'il t'a raconté. Que j'ai la dalle en pente. Eh bien, oui, c'est vrai ! Je ne m'en cache pas. J'ai été baptisé avec un verre de calva, je n'y puis rien. Quant à l'opinion de Letarte et compagnie, je n'en ai rien à cirer.

— Le sergent m'a dit que vous étiez un bon détective.

— Et tu sais pourquoi j'obtiens des résultats, moi. Parce que je ne fais pas comme tous les conards que tu vois ici qui ne sont que des pousse-crayons. Ils ne parlent que d'ordinateurs et de nouvelles technologies. Ils ne vont plus sur le terrain et mènent leurs enquêtes à distance en restant pénards au bureau. Ces messieurs font de l'écoute électronique et rédigent des rapports. Il ne faut surtout pas les déranger. Ras-le-bol de ces fainéants ! Et regarde-moi ce bordel, ajoute-t-il en pointant du doigt l'appareil téléphonique. Il y a plein de lumières qui scintillent de partout sur ce machin et si tu as le malheur de décrocher le combiné, tu te fais engueuler. On te dit que tu n'as pas appuyé sur le bon bouton, que tu n'as pas le droit d'écouter les conversations d'autrui, ça n'en finit plus les conneries qu'on te raconte. Tu crois à ça, toi, les nouvelles technologies ? Les salles d'interrogatoires où l'on dorlote les suspects pour qu'ils se mettent à table ? Et bien, ce n'est pas pour moi. Je suis de la vieille école. Autrefois, si un lascar n'avait aucun souvenir de ce qu'il avait fait la veille, on lui foutait une grande baffe dans la gueule. La mémoire refaisait surface, t'inquiète pas. Ces méthodes ne sont plus approuvées maintenant. Je sais, je fais vieux jeu. Mais quand le public exige des résultats, à qui confie-t-on les enquêtes ? À Lajambe, bien sûr. Et l'on ne veut pas que je perturbe les collègues de bureau, alors on me cache dans un coin, tu comprends. On vient tout juste de me donner un autre travail merdeux. Tu as lu le journal ?

— Non, je n'ai pas eu le temps. Étant donné que nous avons emménagé dans un nouvel appartement, nous avons passé la fin de semaine à effectuer du rangement.

Lajambe soulève le dossier qu'il consultait et saisit l'édition du samedi du Montréal Express, un quotidien de format tabloïd, qu'il pose devant Réal. En gros titre : RAYMOND SAINT-JEAN ASSASSINÉ À L'ÉLECTRA. Puis, un court descriptif : Le critique Renaud Mirois, suspect.

— Qu'est-il arrivé ?

— Il s'est fait descendre à la fin de la première partie de son spectacle, vendredi soir dernier. On lui a déchargé un pétard dans la paillasse.

— Hein !

— Une histoire invraisemblable ! Renaud Mirois est détenu comme témoin principal. La femme de Saint-Jean l'a surpris dans la loge, l'arme à la main. Mirois nie tout. Il dit s'être rendu dans le local au début de l'entracte et qu'il a trouvé le flingue par terre. Il l'a ramassée et s'est approché de Saint-Jean, assis à la table de maquillage. Toujours selon Mirois, la dame serait entrée au moment où il touchait son épaule pour vérifier ce qui n'allait pas. Un alibi tellement invraisemblable qu'il ne peut convaincre que sa mère au procès. Ce qui porte à croire qu'il ne dit pas faux. Un joli casse-tête à remettre en place ! Est-ce que tu connaissais Raymond Saint-Jean ?

— Je l'ai vu à la télévision, rien de plus.

— Il faisait beaucoup de ce qu'on appelle du stand-up comique, à ce qu'on raconte. Le genre d'artiste bête et méchant qui ridiculise tout le monde et démolit n'importe qui pour faire rire son public. Peut-être qu'une de ses têtes de Turc en a eu assez des insultes et a décidé d'avoir sa peau ?

— Moi, je l'ignore en tout cas, répond Réal qui croit que la question lui est adressée.

— Saint-Jean présentait un nouveau spectacle, il en était à la première. La salle était bondée de journalistes, de comédiens, de politiciens, tous des individus qui aiment se péter les bretelles devant les caméras de télévision. Lorsqu'on leur a annoncé que Saint-Jean venait de se faire flinguer, ils se sauvaient tous comme des lapins. Un meurtre, tu comprends, ce n'est pas une bonne presse. T'imagines le travail qui attend les détectives chargés de l'enquête ? Personne ne voulait de la sale besogne. À qui l'a-t-on refilée ? À bibi. Et quel joli minois verra-t-on à la télévision pour expliquer le pourquoi du comment au grand public ? C'est bibi. Alors, Fripon, je ne suis pas à prendre avec des pincettes ce matin.

— Est-ce que vous allez me faire visiter le poste ?

— Fripon, tout ce que je connais de ce poulailler, c'est où trouver les chiottes. Pour le guide touristique, faudra repasser.

Réal, déçu, esquisse une moue, puis, ne sachant que faire de lui, ouvre les tiroirs de son bureau.

— Je ne te fais pas un accueil très chaleureux, Fripon ! dit Lajambe après un certain temps. Excuse-moi, j'ai les nerfs en boule. Tu mérites plus d'attention, tu m'as l'air sympa. Surtout, tu ne dis pas de connerie !

— Vous êtes Français ?

— Comment as-tu deviné ?

— Vous parlez comme dans les vieux films à la télévision.

— Ah ! Ça se pourrait bien. Mes vingt premières années, je les ai vécues en France. Puis, un matin, j'ai eu envie de voir l'Amérique, les Indiens parés de plumes et les cow-boys. Je me suis embarqué pour le Canada. Il ne m'a pas fallu longtemps pour que je réalise que tous les clichés que j'avais en tête, c'était comme la Légion étrangère et ses beaux costumes, on ne les porte que lors des défilés. J'ai rangé mon livre d'images. Je suis devenu policier. Et je ne suis jamais reparti. Ça fait trente-huit ans de cela.

– Vous avez cinquante-huit ans ?

– Bien sonnés ! Cinquante-huit piges, ça passe vite, merde ! Chaque fois que j'y pense, ça me fout le bourdon. Mais comme tu vois, j'ai vécu davantage au Québec qu'en France.

– Vous avez gardé votre accent français.

– Ça, Fripon, on ne le perd jamais. Même lorsqu'on apprend à sacrer comme un Québécois, il y a toujours un merde qui rejaillit d'on ne sait où. Ça doit venir des tripes !

– Moi, les Québécois me disent que je parle avec des truffes anglaises.

– Mais qu'est-ce que ces conards de Québécois y connaissent ? Ils n'en produisent pas, ce n'est pas le pays pour ça.

– Il paraît que j'en fais beaucoup, moi.

– Je te le répète, Fripon, on n'en bouffe pas ici. Enfin ! Qu'est-ce qu'il ne faut pas entendre, merde ? Ils font du Château Margaux également, ces mangeurs de poutine !

Lajambe se lève et se dirige vers la sortie.

– On va rencontrer le suspect, Renaud Mirois.

– Déjà ! s'exclame Réal qui ne s'attendait pas à affronter tout de suite le feu de l'action.

En fait, à sa première journée de travail, Réal croyait qu'il ne remplirait que des formulaires et qu'il passerait le reste du temps à se familiariser avec les lieux et les procédures.

– Je ne sais pas si je suis capable de… bafouille-t-il. Je veux dire que je ne pense pas être prêt pour procéder à de vrais interrogatoires. Je n'ai effectué que des simulations de cas, je…

– Pas de soucis, Fripon. Je comprends que tu sois nerveux, c'est ta première enquête. Alors, tu m'accompagnes et me laisses faire les choses. Joue à l'observateur pour un temps, ne te mets pas trop de pression sur les épaules. Le jour où tu te sentiras à l'aise, tu interviendras comme bon te semble. Est-ce que ça te convient ?

– Ouf ! s'exclame Réal, soulagé. Merci.

– Tu verras, Fripon, tout fonctionnera bien. Allez, on se tire maintenant. Et parle-moi de toi. Raconte-moi d'où tu viens et comment tu t'es retrouvé ici.

Réal s'avance vers la sortie et, avant qu'il n'ait le temps d'ajouter un mot, Lajambe le saisit par les épaules et le fixe droit dans les yeux.

– Plus je te regarde, Fripon, plus je trouve que tu as une gueule photogénique. Est-ce qu'on t'a déjà dit que tu passerais bien à la télévision ?

Le feu de l'action

— Laissez-nous seuls ! dit Lajambe au garde qui surveille le détenu assis à la table, menottes aux poings.

Le policier se retire en marmonnant quelques mots incompréhensibles.

Trop timide pour regarder Mirois, Réal reste debout près de la porte et scrute les murs beiges de la salle d'interrogatoire ornée uniquement d'un miroir sans tain permettant l'observation de la scène dans le local voisin. Au centre de la pièce étroite, une table et trois chaises. Lajambe s'assied devant le prisonnier, un homme fin trentaine, taille moyenne, traits fins, qui a la fâcheuse manie de lever le nez sur tout ce qui l'entoure. Dos droit, très digne, hautain, des frémissements de colère et de mépris parcourent son visage. De toute évidence, les nuits en cellule ont fait un effet bœuf sur sa coiffure dernier cri et passablement amoché sa chemise Yves Saint-Laurent.

— Je ne parlerai qu'en présence de mon avocat, lance-t-il, avec un accent français pour le moins douteux.

Ce couillon a sûrement visionné trop de mauvais films policiers dans sa jeunesse, pense Lajambe.

— Bien sûr, vous en consulterez un, monsieur Mirois. Pas de souci ! Détective Lajambe et Fripon. C'est nous qui sommes chargés de l'enquête sur l'assassinat de Raymond Saint-Jean.

— Dans ce cas, ne restez pas ici à perdre votre temps, faites votre travail. Moi, je n'ai rien à voir avec cette histoire et on me laisse poiroter en prison.

— Écoutez, monsieur Mirois, vous vivez actuellement des moments difficiles, j'en conviens, mais…

— Je n'ai nullement besoin de votre sympathie, monsieur. Je n'ai pas tué Raymond Saint-Jean, un point, c'est tout. Vous commettez une erreur en me retenant ici. Yvon Duclos est le meurtrier. Il sortait des coulisses quand j'y entrais. Alors, arrêtez-le et libérez-moi. Je vous le répète, je ne suis pas coupable.

— Si vous êtes innocent, qu'avez-vous à craindre de notre part ?

— J'en ai déjà trop dit. Je ne parlerai qu'en présence de mon avocat.

— Nous aurions espéré une plus grande collaboration, monsieur Mirois.

— Fichez-moi la paix et allez faire votre travail. Vous perdez un temps précieux. Les policiers, vous êtes tous les mêmes, vous vous en prenez toujours aux mauvaises personnes. Pendant ce temps, les coupables courent les rues.

Lajambe se redresse et pousse un long soupir. Il n'en croit pas ses oreilles. Nous avons mis la main sur le roi des enfoirés, se dit-il en fixant le prisonnier.

Le détective se lève et se dirige vers la porte.

— Un conseil concernant votre avocat, dit Lajambe, choisissez-en un bon. Vous en aurez besoin.

— Je n'ai rien à faire de vos recommandations.

– Oh ! Monsieur est au-dessus de tout ! Il possède la vérité.

– Allez vous faire foutre !

– Ça, monsieur Mirois, vous regretterez de l'avoir dit. Je vous jure que vous me le paierez. Comptez sur moi !

XXXXX

Tandis que Lajambe récupère ses pièces d'identité au comptoir des renseignements, Réal regarde attentivement la sculpture au centre du hall principal.

– Tu viens ou tu passes la journée ici en statue de sel ? demande Lajambe qui s'approche tout en remettant son porte-monnaie dans la pochette de son veston.

– Cette sculpture est magnifique.

– Moi… je n'y vois rien.

– J'aime beaucoup l'art abstrait, ça me parle.

– Et qu'est-ce que ça te dit ? Moi, je n'y comprends rien.

– On doit regarder l'œuvre en portant attention aux émotions que l'on ressent, c'est tout.

– Mais là, il faut se manier, dit Lajambe, impatient. On a du concret à se mettre sous la dent. Pour l'abstrait, on repassera. Tu viens ?

Lajambe fait quelques pas en direction de la sortie. Réal le rejoint.

– Fripon, tu as vraiment une âme d'artiste.

À l'extérieur, la chaleur frappe comme un coup de massue. Les deux détectives se dirigent vers le parc de stationnement situé à l'arrière du poste.

– Celle-là, lance Réal, en vérifiant le numéro

d'immatriculation.

Réal pointe du doigt une automobile américaine grise, une grosse cylindrée de modèle récent.

— Wow ! s'exclame Réal en ouvrant la portière. On nous a alloué une voiture neuve. Elle n'a pas roulé plus de cinq mille kilomètres, ajoute-t-il en consultant le compteur. Tout est électronique là-dedans.

— Moi, tous ces bidules, c'est pas mon truc, dit Lajambe en jetant son veston sur la banquette arrière. Par contre, je ne suis pas fâché de ne plus devoir attendre un taxi pour me déplacer, bordel de merde !

Si Réal se sentait perdu dans le poste de police, il est maintenant très à l'aise. De toute évidence, il connaît les automobiles et aime bien les conduire. Sans plus attendre, il actionne le démarreur. À la radio, un type parle d'économie d'énergie.

— Qu'est-ce qu'il a, ce tordu, à nous baratiner avec une connerie pareille par cette chaleur ?

Réal baisse le volume.

« Attachez vos ceintures », lance soudainement une voix monocorde provenant du tableau de bord.

— Nom de dieu de bordel de merde ! s'exclame Lajambe qui n'en croit pas ses oreilles. Voilà que le tas de ferraille cause maintenant ! Tu as entendu ?

À nouveau, l'instruction retentit.

— Ça va, on a compris, dit Lajambe qui cherche la sangle.

« Attachez vos ceintures. »

— Mais je fais tout ce que je peux, mon petit ! Laisse-moi le temps, dit Lajambe qui se tortille sur la banquette.

« Attachez vos ceintures. »

– Tu nous casses les oreilles ! Tu m'entends ?

Clic ! et clic ! font les ceintures que l'on boucle.

« Portière droite mal fermée. »

– Une seconde, mon petit ! On est là pour ça.

Lajambe ouvre et referme la portière.

– Ça va ? Est-ce que tu as besoin d'autre chose ? Merde ! Voilà que je cause avec une bagnole maintenant ! Je suis dingue ou quoi ?

Réal examine le tableau de bord et appuie sur des boutons.

– Elle ne parle plus, dit Lajambe. Tu crois qu'elle nous fait la gueule ?

– Ça, c'est du perfectionnement ! dit Réal, manifestement ravi.

– La technologie, mon œil ! Pour entrer au poste, ce matin, j'ai inséré dans la fente de la porte ma carte de sécurité sociale, d'assurance maladie, mon acte de naissance, ma preuve de citoyenneté canadienne et avec tout ça, elle ne s'ouvrait toujours pas. T'appelles ça du progrès, toi ?

– Il faut utiliser la pièce d'identité demandée.

– C'est ça ! Aujourd'hui, on doit faire les choses d'une façon, une seule, et pas autrement. Sinon, plus rien ne fonctionne. Il n'y a plus tellement de place pour les erreurs et les conneries dans tout ça. Juste à y penser, ça me donne la trouille tous ces… puis, merde ! Tu as bientôt terminé de tripoter tous ces boutons ? On a autre chose à faire.

– C'est prêt, nous pouvons partir.

La voiture quitte le parc de stationnement et se dirige vers la rue Ontario. Avec la chaleur, ceux et celles qui possèdent une résidence secondaire à la campagne sont pressés de fuir la ville. Inévitablement, ils empruntent l'un des ponts qui relient l'île de Montréal au continent. Le pont Jacques-Cartier étant situé à proximité du poste de police, la circulation est dense.

— Où se trouve l'Électra ?

— Tout près. Tu prends Ontario à droite et tu montes Saint-Laurent.

Réal suit les indications.

— Que penses-tu de Renaud Mirois ? demande Lajambe.

Réal fouille dans le désert de son cerveau.

— Je crois qu'il n'apprécie pas tellement le fait de se retrouver en prison, dit-il enfin.

— Oh non ! Et cet enfoiré n'a pas appris les bonnes manières. J'ai l'impression qu'il va nous donner du fil à retordre.

Lajambe désigne un cinéma sur la gauche.

— Voici l'Électra, dit-il.

— Déjà arrivés !

L'auto s'immobilise devant une pancarte indiquant qu'il est défendu de se garer à cet endroit.

— Vous êtes certain que nous pouvons stationner ici ?

— Fripon, tu fais partie de la police maintenant. C'est toi qui décides quand tu dois respecter les règlements. Faudra t'habituer.

Lajambe ouvre la portière. Réal le rejoint.

— Toutes mes félicitations. Tu conduis très bien.

— Au cégep, nous avons suivi une formation en sécurité routière, c'était l'un de mes cours préférés.

Les détectives se dirigent vers l'Électra. L'allure timide de Réal, bien mis, contraste avec celle de Lajambe qui marche d'un pas déterminé, manches retroussées, veston sous le bras, tempêtant contre la température.

Ancien temple du septième art reconverti en salle de spectacle, l'Électra a connu ses heures de gloire dans les années 60 et 70, jouissant d'une bonne réputation auprès d'un certain public d'intellectuels. On y présentait des films de répertoire, différents des autres cinémas accaparés par les nouveautés, principalement les superproductions américaines à gros budgets. Les difficultés économiques des années 80 obligèrent les propriétaires à fermer les portes. Après plusieurs années d'inactivité, l'endroit est transformé pour que l'on puisse donner des performances sur scène. Avec ses quelques centaines de sièges, l'Électra se veut intime. On y voit la relève qui peut ainsi se faire connaître sans courir un énorme risque financier ou, encore, des vedettes comme Raymond Saint-Jean qui viennent peaufiner un show pour la Place des Arts ou le Théâtre Saint-Denis dont la capacité permet d'accueillir davantage de spectateurs.

Les grandes portes vitrées du cinéma sont verrouillées. Dans le hall, un préposé à l'entretien pousse méthodiquement son balai devant les murs tapissés d'affiches de Raymond Saint-Jean. Lajambe tire de sa poche une pièce de monnaie et frappe contre le verre. L'homme, plutôt âgé, redresse la tête et leur lance un regard froid. Vous dérangez, semble-t-il dire. Montrant sa carte d'identité, Lajambe lui fait signe de s'approcher.

— Détective Lajambe et Fripon.

— Entrez, vite ! réplique le préposé, se hâtant de verrouiller immédiatement derrière les visiteurs.

— Vous êtes bien pressé !

– C'est à cause des journalistes. Ils n'arrêtent pas de frapper aux portes. Ils demandent des interviews, prennent des photos et filment n'importe quoi.

– Qu'est-ce que vous leur dites ?

– Rien, je ne sais rien. Venez ! Ne restons pas ici, ils nous surveillent. Une vraie meute de loups !

– Nous voudrions examiner les lieux.

– Bien sûr ! Suivez-moi. C'est tout de même malheureux cette histoire, dit le vieil homme en se dirigeant vers la salle.

– Vous travaillez à l'Électra depuis longtemps ?

– Depuis l'ouverture, en 1952. Samuel Gervais, ajoute-t-il en se tournant vers les détectives.

Il serre la main de ses interlocuteurs tout en poursuivant son discours.

– Ici, on m'appelle oncle Sam. Je m'occupe de l'entretien. J'assiste à toutes les représentations et à toutes les répétitions au cas où surviendrait un problème quelconque. L'endroit n'est pas jeune. Quand on ne connaît pas les lieux, on peut perdre beaucoup de temps à chercher quelque chose.

Tout en suivant le guide, Lajambe refait mentalement le trajet d'un spectateur. Dans le hall, il se procure un billet au guichet, passe au vestiaire, puis, au bout d'un large corridor décrivant une courbe, arrive au bar-restaurant, un grand espace ouvert. Tout un contraste avec l'entrée ! La lumière du jour n'atteint pas le bar-restaurant qui baigne dans un éclairage tamisé. L'atmosphère feutrée, artificielle, prépare le spectateur à glisser dans le monde de la fantaisie en l'incitant à couper avec la réalité extérieure. Une forte odeur de fumée de cigarette et de bière est incrustée dans le tapis et les murs. On imagine facilement le public en attente, impatient d'entendre les récits farfelus de l'artiste.

À la recherche d'indices, les détectives regardent dans tous les recoins de la pièce.

— Est-ce qu'il y a plusieurs entrées ? demande Lajambe après un moment.

— Non, il y en a une seule, celle que vous venez d'emprunter. Tous les spectateurs arrivent ici, où s'arrêtent ceux et celles qui désirent prendre une consommation. Les autres vont directement dans la salle.

— Les toilettes sont là-bas, dit Lajambe en s'avançant vers un couloir sombre, près du bar.

— Oui.

Lajambe longe le passage, suivi de Réal qui imite ses gestes. Sur la droite, une porte identifiée Femme. Il entre. Ça sent le désinfectant. Le détective examine les lieux : sanitaires, lavabo surplombé d'une immense glace et, au fond, une petite fenêtre étroite pour favoriser l'aération. Il revient sur ses pas et prend à gauche vers l'inscription Homme, Réal sur les talons.

— Des observations, Fripon ? demande Lajambe à son collègue en quittant la pièce exiguë.

— Le miroir est beaucoup plus grand pour les femmes.

— Bon sens de l'observation, Fripon. Ce détail va nous être très utile.

À l'extrémité du couloir sombre, une affiche lumineuse indique Sortie de secours. Lajambe enfonce la barre transversale de la porte. Une ruelle étroite, peu invitante, longe l'édifice. Lajambe fait quelques pas à l'extérieur. Un camion de déménagement est stationné devant l'entrée des artistes.

– Il y a quelqu'un à l'intérieur ?

– Oui, les petits gars sont à démonter les installations. Nous les rencontrerons tantôt. Venez, je vais vous montrer les coulisses.

De retour dans le bar-restaurant, une série de grandes portes donnent sur la salle traversée de deux allées jusqu'à la scène. Les rangées de bancs, une large au centre, deux étroites aux extrémités sont rapprochées l'une de l'autre, de façon à asseoir le maximum de spectateurs. Le rideau est levé, de nombreuses personnes circulent en transportant des boites. L'éclairage cru, sur fond noir, blêmit le teint des individus qui ressemblent à des figures d'estampes japonaises. Le bruit des caisses que l'on empile, les outils qui frappent contre le métal, les éclats de voix des techniciens qui se donnent des indications percent sporadiquement le lourd silence.

– Les petits sont à ranger leur matériel. Ils ne sont pas chanceux, tout est à refaire.

– Que voulez-vous dire ?

– Ils avaient travaillé fort avec monsieur Saint-Jean pour monter le spectacle. Si tout allait bien à l'Électra, ils prévoyaient de louer le Théâtre Saint-Denis pour deux mois et partir en tournée au Québec par la suite. Ils projetaient même de se rendre dans plusieurs villes du Canada et en Europe. Tout est terminé maintenant. C'est fâcheux, certains avaient engagé des frais.

À droite de la scène, oncle Sam ouvre une porte et gravit un escalier qui conduit dans les coulisses. Près du rideau, quelque peu en retrait, un grand vase posé sur une petite table contient plusieurs bouquets de fleurs que l'on devait, sans doute, offrir à l'artiste à la fin de la représentation lors des rappels que l'on espérait nombreux. Au fond, des sections de décor soigneusement empilées.

– Monsieur Saint-Jean ne les utilisait pas, dit oncle Sam pour expliquer que tout était bien rangé.

Les techniciens s'affairent à démonter les projecteurs suspendus à la grille d'éclairage. Pour la première fois de sa vie, Réal parcourt une scène de long en large. Il s'imagine la salle remplie à craquer. Est-ce que je pourrais, moi, donner un spectacle ? se demande-t-il. Et si j'étais une vedette ? Voir chacun de mes gestes épiés par la presse ? La moindre de mes paroles entendues par des milliers d'admirateurs avides de connaître mes opinions ? Et qu'est-ce que j'interprèterais ? Des comédies ? Des tragédies ? Qu'est-ce qui fait qu'un individu devient un artiste ? Une bête de scène ? Pourquoi n'en suis-je pas une ?

– Il n'y a pas de balcon ? questionne Lajambe.

– Non.

– Qu'est-ce qui se trouve là-haut ? demande-t-il en pointant du doigt les fenêtres à l'arrière de la salle.

– Quand l'Électra était une salle de cinéma, la projection des films s'effectuait par ces ouvertures.

– Est-ce qu'il y avait quelqu'un hier soir ?

– Le local ne sert plus à rien aujourd'hui. C'est une pièce de débarras, un véritable fouillis.

Pendant ce temps, Réal vient de terminer son spectacle et remercie le public en s'inclinant, enchaînant les courbettes. Il en est à son cinquième rappel. Il quitte la scène puis, après avoir savamment fait languir ses admirateurs en délire pendant quelques secondes, revient saluer. Il saisit à bras de corps les bouquets qu'on lui tend. Il pleure de joie. Quel triomphe !

— Fripon ! Mais qu'est-ce que tu fais là ? Plié en deux, ça va pas ?

— Euh ! Pardon !

— Tu as des gaz ?

— Mais non !

— Viens. Et pose les fleurs où tu les as prises, nous avons des choses plus importantes à régler, nom de Dieu !

— C'est la petite fille aux cheveux roux qui me les a remises.

— Mais il n'y a personne ici, Fripon. Qu'est-ce que tu racontes ? Tu es tombé sur le carafon ou quoi ?

Réalisant que les quelques moments d'euphorie qu'il vient de connaître ne sont que le fruit de son imagination, Réal replace les bouquets dans le vase en balbutiant des paroles incompréhensibles. La gloire est bien éphémère, se dit-il.

— La loge est par ici, dit oncle Sam, de l'autre côté.

Le groupe traverse la scène. Au fond, une porte s'ouvre sur une pièce exiguë.

— Il n'y a pas de quoi accueillir l'orchestre symphonique, commente Lajambe.

Devant une glace bordée d'ampoules électriques de faible intensité : une chaise et une table où s'entassent des pots de crème, de maquillage et des objets disparates.

— C'est ici qu'on l'a trouvé, dit oncle Sam. Il était assis devant le miroir, penché vers l'avant. On n'a rien déplacé.

Les taches de sang témoignent de la tragédie. Lajambe s'avance et jette un coup d'œil rapide à l'ensemble. Il ne touche à rien. Il examine le fond de la pièce : une chaise, un cabinet de toilette, un paravent et une penderie où sont suspendus deux costumes. Le détective fouille dans les poches, elles sont vides.

— Les autres policiers, ceux qui sont venus les premiers, ont tout pris, dit oncle Sam.

— Je consulterai le rapport au poste, dit Lajambe. Sortons d'ici. J'ai horreur des endroits où un macchabée a souillé le tapis.

Adjacent à la loge, l'entrée des artistes. Deux grandes portes ouvertes laissent voir la boîte arrière d'un camion de déménagement.

— C'est l'équipement qui servait au spectacle? demande Lajambe à deux techniciens qui déposent une lourde caisse.

— Oui.

— Est-ce que vous étiez ici lors du drame?

— Non. Si vous avez des questions, adressez-vous à Gino, le soundman, ou à Peter, celui qui s'occupe de l'éclairage. Ils sont en train de démonter les consoles là-bas. Eux, ils étaient présents.

À l'endroit indiqué, sur une plate-forme légèrement surélevée, un individu s'affaire à débrancher les fils. Il tempête contre les connecteurs qui ne se détachent pas facilement. Alors que les détectives et oncle Sam s'avancent vers lui, un deuxième technicien qui était accroupi au sol se redresse.

— Bonjour, messieurs. Détective Lajambe et Fripon. Est-ce que nous pouvons vous déranger quelques instants, nous aurions quelques questions à vous poser?

— Allez-y, mais faites vite. Nous avons une autre installation à faire.

— Vous étiez présents vendredi soir?

— Oui, répond Gino. Nous étions à nos consoles. Peter

s'occupait de l'éclairage, moi, du son.

— Qu'est-ce qui s'est passé ?

— D'ici, nous n'avons rien vu. Saint-Jean a exécuté le dernier numéro, le rideau est tombé. Il a salué à plusieurs reprises. C'est tout. Par la suite, j'ai fait jouer de la musique d'ambiance pour l'entracte. Puis j'ai commencé à placer mes niveaux pour la deuxième partie du spectacle. Je n'avais pas terminé quand la femme de Saint-Jean s'est mise à crier. On venait de tuer son mari. C'est tout ce que je peux vous dire.

— I can't say much more either, dit Peter. Like Gino, I was busy working on my switchboard, getting ready for the second part of the show.

— Vous n'avez pas aperçu quiconque s'enfuir ?

— Les gens se levaient et se dirigeaient vers le bar à l'arrière de la salle. Je n'ai rien vu.

— Me either.

— Est-ce que vous connaissiez Raymond Saint-Jean depuis longtemps ?

— Moi, depuis ses débuts dans le métier, dit Gino.

— Était-il aimé dans le milieu ?

Gino pose le câble qu'il tenait sur la console. Visiblement, la question l'embête.

— Est-ce que vous voulez que je sois franc ?

— Bien sûr.

— Saint-Jean se prenait pour une grande vedette, même quand il a commencé. Il était pédant et chiant. Lorsqu'il est devenu populaire, la tête lui a enflé encore davantage. Il avait une très haute opinion de lui-même. Tout lui était dû. Il y a beaucoup de monde qui avait des reproches à formuler contre Saint-Jean. Nous, à la technique, il nous considérait comme ses serviteurs. Nous n'étions que des ouvriers de second ordre à ses yeux et il nous le faisait très bien sentir. Il nous payait et il fallait que ça marche. Lorsque survenait un problème, il faisait des crises épouvantables. Il ne voulait rien savoir des difficultés que nous éprouvions. Nous avons failli en venir aux poings à plusieurs reprises.

— Comment est-il possible de travailler pour lui dans de telles conditions ?

— La première fois qu'il nous a contactés, Peter et moi, pour monter son spectacle, nous avons refusé. Il a insisté en disant qu'il avait absolument besoin de nous pour faire un gros show et que nous allions bien nous entendre. Nous nous sommes laissés amadouer et avons accepté sa proposition. Financièrement, c'était intéressant. Le fait d'avoir un contrat assuré pour plusieurs mois nous permettait de nous procurer du nouveau matériel. Nous, pour un spectacle comme celui-ci, nous retirons deux formes de revenu. Nous sommes payés pour les heures travaillées, mais en plus, nous louons l'équipement. C'était très rentable. Nous nous sommes endettés pour acquérir du haut de gamme, plus sophistiqué. Quelque temps après avoir effectué nos achats, Saint-Jean oublia les promesses qu'il nous avait faites. Son caractère exécrable refit surface, il était plus dément que jamais. Voilà qui était Raymond Saint-Jean, un pédant de la pire espèce. Et nous avons tout cet équipement sur les bras maintenant. Il aura trouvé le moyen de nous embêter même après sa mort.

— Et vous, qu'en pensez-vous ?

— I would say as Gino, Saint-Jean was a fucking ass hole! You can be sure about that!

— Le soir du meurtre, juste avant que ne débute le show, dit Gino hésitant, j'ai assisté, bien malgré moi, à une scène étrange. Je passais près de la loge, Saint-Jean était à l'intérieur avec sa femme, Sylvie, et Yvon Duclos qui lui rendait visite. Vous le connaissez? C'est un artiste qui a été très populaire, il y a quelques années. En le voyant, j'ai pensé qu'il venait dire merde à Saint-Jean. Je ne portais pas une attention particulière à leur conversation. Soudainement, je ne sais pas pourquoi, Saint-Jean s'est mis à engueuler Duclos comme du poisson pourri. Il le traitait de vieux fini, de nullité, de… de toutes les injures inimaginables. Et Duclos restait là à se faire servir un savon, devant la femme de Saint-Jean. J'étais tellement mal à l'aise que je suis parti. Je ne pouvais pas en entendre davantage.

— Avez-vous revu Duclos par la suite?

— Non.

— Très bien, dit Lajambe, perdu dans ses réflexions. Avez-vous d'autres informations à nous communiquer?

Gino hausse les épaules.

— Ça fait le tour de ce que j'avais à dire. Toi, Peter?

— Nothing. Saint-Jean was really a pain in the neck, that's about it.

— Merci de votre collaboration. Si jamais vous vous souvenez de détails pouvant nous intéresser, n'hésitez pas à nous contacter.

Les détectives prennent congé et, en compagnie d'oncle Sam, reviennent au bar-restaurant.

— Monsieur Saint-Jean n'était pas aimé, dit-il à voix basse, comme s'il voulait excuser les propos des techniciens à l'endroit de la victime.

– Nous sommes habitués à ce genre de situation, dit Lajambe. N'est-ce pas, Fripon, que nous en avons vu bien d'autres ?

Réal, qui, tout en écoutant d'une oreille, regarde les affiches sur les murs en se demandant de quoi il aurait l'air, lui, sur une telle affiche, répond distraitement.

– Certainement. Et des bien pires.

Puis, réalisant ce qu'il vient de dire, il ajoute :

– Le cas Marchessault, entre autres, où les enfants, qui étaient encore trop jeunes pour parler ont dû témoigner contre leurs propres parents. C'était affreux, les pauvres petits pleuraient et personne ne comprenait ce qu'ils racontaient. Heureusement, ils ont tout de même été trouvés coupables. De quoi ? On ne l'a jamais su. Quand les gamins ont été assez vieux pour s'exprimer convenablement, ils ne se souvenaient plus de rien.

Les propos insensés de Réal donnent une idée à Lajambe.

– En plus d'être photogénique et artiste, Fripon, tu causes bien. Plus je t'écoute, plus je me dis que tu serais extraordinaire pour répondre aux questions des journalistes.

Réal prend la remarque de son collègue comme un compliment. Lajambe se tourne vers oncle Sam.

– Et vous, où étiez-vous au moment du crime ?

– J'assiste toujours aux spectacles à l'arrière de la salle en compagnie du gérant, monsieur Riendeau. Nous nous assurons que tout va bien, si personne ne tente d'entrer sans payer, ainsi de suite. À l'entracte, nous ouvrons et nous nous retirons dans le bar-restaurant, tout en continuant notre surveillance. Ce soir-là, au moment où les gens se sont présentés, le barman, monsieur Fontaine, a soudainement réalisé qu'il n'avait plus de verre à bière pour son service. Il a couru jusqu'à la remise. Venez, je vais vous montrer où elle se trouve.

De retour dans la salle de spectacle, le vieil homme pointe du doigt une porte au bout du corridor latéral. À première vue, on ne la décèle pas dans la pénombre. Lajambe s'avance vers l'endroit indiqué.

— Attendez, dit oncle Sam, tirant son trousseau de clés de sa poche. Je vais ouvrir.

La remise, plutôt étroite, est bien remplie : à droite, sur des tablettes, des boîtes contenant chocolats, arachides et autres friandises ; au centre, des caisses de bières et des concentrés de boissons gazeuses posés par terre ; à gauche, des cartons grand format de croustilles et de verres.

— Elle est bien mal placée, cette réserve, ajoute-t-il, en verrouillant la porte, l'inspection terminée. Dès qu'il manque quelque chose au bar, il faut courir ici. On aurait dû la construire plus près, mais, que voulez-vous, dans ce temps-là, on ne pensait à rien.

Tout en poursuivant la discussion, le groupe retourne dans le bar-restaurant.

— Alors pendant que monsieur Fontaine se précipitait vers la remise, enchaîne oncle Sam, monsieur Riendeau l'a remplacé derrière le comptoir et je surveillais l'entrée. Tout est revenu à l'ordre après quelques minutes. Monsieur Fontaine a repris son service. C'est à ce moment-là que nous avons entendu madame Saint-Jean.

— Combien de temps s'est-il écoulé entre la fin du spectacle et les cris de madame Saint-Jean ?

— Difficile à dire. Les gens applaudissaient, se levaient… Peut-être cinq ou six bonnes minutes.

– Qu'est-il arrivé par la suite ?

– Ce fut la confusion totale. Monsieur Riendeau est allé voir ce qui se passait dans la loge. Il a appelé la police immédiatement. Pendant ce temps, la nouvelle qu'on venait d'assassiner monsieur Saint-Jean se répandait dans la foule. Certaines spectatrices se sont mises à pleurer, d'autres voulaient quitter les lieux. Les gens qui étaient dans le bar tentaient de revenir à l'intérieur, tandis que ceux qui étaient dans la salle essayaient de sortir. C'était la panique. Quelques personnes ont trébuché et ont été piétinées. Par chance, les policiers sont arrivés rapidement et ont pris tout de suite le contrôle de la situation. Il n'y a pas eu de blessés graves, que des égratignures. Ils ont calmé la foule et organisé l'évacuation. À la sortie, on demandait à chacun s'il n'avait pas vu quelqu'un ou quelque chose concernant ce qui venait de se produire. Mais personne n'avait rien aperçu. Voilà, c'est tout. Une bien triste histoire !

Les propos d'oncle Sam sont suivis d'un lourd silence. Lajambe semble perdu dans ses réflexions. Il se gratte la tête, s'éloigne de quelques pas, revient, se frotte le visage.

– Un putain de merdier ! marmonne-t-il enfin.

– Aussi bien chercher une aiguille dans une bottine de foin, ajoute Réal, sympathisant avec son collègue.

Le commentaire de Réal laisse ses interlocuteurs perplexes.

– Rien d'autre à signaler ? demande Lajambe.

– Comme je vous le disais, je n'ai pratiquement rien vu. Que des gens qui courent, qui crient… Tout est arrivé tellement vite.

– Pouvez-vous nous donner le nom et les coordonnées des employés ? Fripon va prendre ces renseignements en note.

— Certainement, si vous voulez me suivre.

Dans le hall, la lumière du jour éblouissante fait cligner des yeux. Tandis que Réal transcrit les informations, Lajambe s'attarde devant l'affiche de Saint-Jean. L'artiste présente une bonne bouille. Visage souriant, il a l'air sympathique. Était-il aussi désagréable que ses confrères de travail le prétendent? De quelle façon parvenait-il à cacher ce caractère exécrable au grand public? Autour de la vedette, sur l'illustration, sont alignées de petites boîtes d'où sortent des caricatures de personnalités connues. Tu ne te moqueras jamais plus de personnes, pense Lajambe en fixant l'artiste.

— Les voilà qui reviennent, dit oncle Sam.

— Qui ça?

En jetant un coup d'œil à l'extérieur, Lajambe obtient sa réponse. Un essaim de journalistes, de caméramans, de photographes bourdonnent devant les portes vitrées. Ils s'agitent, gesticulent et posent des questions que les détectives font semblant de ne pas comprendre.

— As-tu terminé, Fripon?

— Oui.

— Es-tu prêt à rencontrer la presse pour livrer un compte-rendu de notre enquête?

— Mais… nous ne savons rien… Qu'est-ce que je vais leur dire?

— Explique-leur que nous ne sommes qu'au début du commencement, que nous nageons dans l'inconnu et n'avons rien de tangible! Tu es à l'aise avec l'abstrait, Fripon. Alors, raconte tout ce qui te passe par la tête. Et prends des exemples, comme le cas Marchessault dont tu parlais tantôt, c'était très bien. Les gens comprennent mieux avec du concret. Moi, je vais t'attendre dans l'auto. Merci, oncle Sam. Vous pouvez ouvrir maintenant.

Le vieil homme tourne la clé dans la serrure.

— Êtes-vous prêts ? demande-t-il, tenant la poignée fermement.

— Bien sûr que Fripon est d'attaque, répond Lajambe en donnant une grande claque sur l'épaule de Réal.

— Bonne chance, messieurs.

Les détectives n'ont pas fait un pas qu'ils sont assaillis de toutes parts. Dans la bousculade, ils se retrouvent adossés contre les portes vitrées. On leur colle des micros et des lentilles de caméra au visage, à la recherche d'un témoignage, d'une image.

— Du calme, répète Lajambe. Nous répondrons à vos questions, mais, s'il vous plaît, laissez-nous un peu d'espace.

Le fait de savoir qu'ils auront une entrevue semble apaiser les représentants des médias. Ils forment un demi-cercle.

— J'ai à mes côtés le détective Fripon, chargé de l'investigation, poursuit Lajambe. Vous pouvez l'interroger à votre guise, merci.

À voix basse, Lajambe ajoute à l'attention de Réal :

— Je t'attends dans l'auto.

Puis, sans aucune difficulté, Lajambe se fraye un passage entre les journalistes.

— Où en êtes-vous dans votre enquête ?

— Nous n'en sommes qu'au tout début, nous ne possédons que très peu d'indices en ce moment.

— Est-il vrai que la victime a reçu plusieurs balles dans

la poitrine ?

– Oui, probablement un chargeur complet.

– Quel rôle Renaud Mirois a-t-il joué dans cette affaire ?

Embêté par la question, Réal marque un temps d'arrêt. Finalement, une image se présente à son esprit. La soirée des Oscars qu'il avait vue à la télévision récemment.

– Monsieur Mirois a été mis en nomination pour le rôle principal. Cependant, il a très bien pu agir comme figurant. Ça reste à éclaircir.

– Mais enfin, est-il le suspect numéro un ?

– Oui, mais il y en a d'autres également.

– De qui ?

– Nous ne pouvons rien dire pour l'instant. Ce n'est que le début du processus d'attribution des fonctions. Le jury n'a pas visionné tout le film des événements, sans compter que certaines ententes ne sont pas signées et que plusieurs territoires sont protégés.

– Je ne comprends pas. Voulez-vous dire qu'il y avait un contrat sur la tête de Raymond Saint-Jean ?

– Saint-Jean ne portait pas de couvre-chef.

Les propos de Réal surprennent les journalistes qui se regardent entre eux en faisant la moue.

– Que savez-vous du mobile du crime ?

– Pour l'instant, tout ce que nous sommes en mesure d'affirmer, c'est qu'il est obscur.

– Mais enfin ! Pourquoi un critique de spectacles assassinerait-il un artiste ?

– Voilà, la question est posée. Nous demandons à tous ceux et celles qui ont des informations à ce sujet de bien vouloir communiquer avec nous.

Puis se souvenant des tirages de loteries de Loto-Québec, Réal ajoute :

— Nous songeons à organiser un concours pour récompenser les meilleures réponses. Les modalités de participation n'ont cependant pas encore été déterminées.

Un journaliste, étonné des commentaires insignifiants de Réal, laisse tomber son microphone.

— S'agit-il d'un complot ?

— Nous n'écartons aucune possibilité pour l'instant. Selon nos sources, il y a énormément de vols de numéros comiques entre humoristes. Est-ce un réseau organisé ? Nous l'ignorons. Nous pouvons simplement affirmer que le rire est très payant. Plusieurs font fortune avec des plaisanteries qui ne leur appartiennent pas. Ce domaine attire de nombreux individus, mais certains ne sont pas drôles du tout. Faut démêler tout ça.

— Autre hypothèse, détective ? demande un commentateur qui n'en croit pas ses oreilles.

— Nous n'écartons pas la possibilité d'être en présence d'un réseau international. Tous les pays francophones sont suspects. La France entière aime bien rire, c'est connu. Quant aux Belges, ils n'en ratent jamais une, tout le monde le sait.

Les journalistes n'en peuvent plus d'entendre autant d'insignifiances, ils quittent les lieux. Réal rejoint Lajambe dans l'auto.

— Merde, Fripon ! s'exclame Lajambe. Ils se sont tous fait la malle ! Comment as-tu réussi pareil exploit ?

— Au cégep, on nous a donné des cours en communication pour nous montrer comment parler aux citoyens, à la presse…

– Putain ! C'est tout de même incroyable ce qu'on enseigne aux jeunes ! Tu as des choses à m'apprendre, Fripon.

– En plus de mettre en pratique mes cours, j'ai suivi votre conseil également. J'ai dit tout ce qui me passait par la tête.

– Il y en a de la matière grise dans cette caboche-là, dit Lajambe en frottant affectueusement le coco de son collègue qui sourit béatement, fier d'avoir fait bonne impression dès son entrée en fonction.

– Tu as tout ce qu'il faut pour les relations publiques, Fripon !

Ce soir-là, Réal revient chez lui juste après le journal télévisé. Monsieur Romain, qui venait de voir Réal au petit écran, s'est installé sur son balcon et, d'une voix forte, ne cesse de répéter aux passants que son voisin n'est nul autre que le célèbre policier qui dirige l'enquête sur le meurtre de Raymond Saint-Jean. L'interview qu'il a accordée aux journalistes, largement diffusée par les médias, est longuement commentée. Certains s'informent des mises en nomination et de la composition du jury, d'autres affirment qu'ils sont prêts à collaborer en dépit du fait qu'ils ne savent rien. Quant à monsieur Romain, accro de loteries en tous genres, il veut en savoir davantage sur le tirage, les prix à gagner et les règlements du concours.

Réal s'étonne que ses paroles aient provoqué tant de remous. Même sa femme, qui lui avait fait promettre de ne jamais parler de travail à la maison, lui demande, au cœur de la nuit, s'il existe véritablement un réseau de trafic international de l'humour. Pour obtenir la paix, le jeune détective invoque l'aspect confidentiel des dossiers, les secrets d'État, l'écoute électronique et le contre-espionnage.

59

L'amour est aveugle

Montréal compte plusieurs richesses naturelles, dont une montagne, le mont Royal et un fleuve, le Saint-Laurent. À la fin d'un long repas dans un chic restaurant gastronomique où vous avez fait l'envie de vos convives en leur parlant de votre résidence secondaire au Yucatan, s'il advenait que le garçon, dans un élan de familiarité surprenante, vous confie qu'il reste sur le Plateau, dites-vous qu'il demeure dans un charmant quartier situé entre le mont Royal et le fleuve Saint-Laurent, là où habitent de nombreux étudiants et jeunes travailleurs.

De façon générale, ces individus sont préoccupés par les questions d'environnement et de qualité de vie. Toutes discussions sur la couche d'ozone les stressent énormément. Ils favorisent une saine alimentation et mangent de la pizza ou des mets chinois au moins une fois par semaine, mais ils prétendent que la cuisine vietnamienne est meilleure pour la santé. L'achat de produits biodégradables leur donne bonne conscience. Ils recyclent papier, verre et plastique. Possédant minimalement un chat et une litière, ils affirment que le contact d'un animal qui dort toute la journée est une relation précieuse qui meuble la solitude et aide à supporter l'angoisse existentielle. Ce sont des perfectionnistes, ils retravaillent continuellement l'introduction de leur premier roman, l'esquisse de leur première toile. Friands de voyages, ils parcourent la ville en vélo et réparent eux-mêmes les crevaisons sur le trottoir en faisant de gros yeux aux passants qui font des acrobaties pour ne pas poser le pied dans les rayons des roues de leurs bicyclettes démontées en pièces détachées.

En cet après-midi chaud et humide, lorsque les détectives frappent à la porte de la résidence de la veuve de Raymond Saint-Jean, au deuxième étage d'un triplex, rue Fabre, ils dérangent un énorme félin qui dormait en bordure de la fenêtre grande ouverte. Le superbe pur-sang de gouttière, des plus racés, aurait pu tenir la vedette de nombreux films québécois des années 80, époque marquée par la présence de cet animal de compagnie dans la culture québécoise. En effet, tout avait débuté quelques années auparavant, en 1977, avec la chatte de Carole Laure, qui dévoila ses charmes au grand écran dans *L'Ange et la Femme* de Gilles Carle et fut suivie, en 1981, du roman *Le Matou*, de Yves Beauchemin adapté au cinéma en 1985, sans compter, quelques années plus tard, de la collection de minounes de Michel Barrette, un humoriste qui aimait les vieilles autos. Tout un pan de la culture québécoise porte ainsi l'empreinte du félin.

– Sous une fenêtre, ce n'est pas un endroit pour piquer un roupillon, dit Lajambe à l'animal tout avachi. Tu n'as jamais entendu parler de la guillotine ?

Au premier coup de sonnette, l'interpelé ouvre un œil. Au second, il redresse la tête et lance un regard méchant aux intrus. Au troisième, il parvient difficilement à se mettre sur pied. Au quatrième, il s'étire de tout son long.

Enfin, au cinquième, il s'enfuit à l'intérieur du logement, outré de s'être fait déranger dans sa sieste.

Une jeune femme blonde débraillée ouvre. Elle porte des lunettes fumées pour masquer ses paupières bouffies. Cependant, ses cheveux en bataille, sa mine déconfite, son teint blême et ses traits tirés n'altèrent en rien son charme. Le genre de créature à qui l'on donnerait le Bon Dieu sans confession. Elle passe un moment difficile, pense Réal. Elle regarde les visiteurs sans dire un mot en s'appuyant contre le cadrage de la porte.

– Madame Sylvie Saint-Jean ? demande Lajambe.

La belle reste muette.

– Détective Lajambe et Fripon. Nous aurions quelques questions à vous poser concernant les événements survenus vendredi soir dernier.

En guise de réponse, elle tourne les talons et disparaît à l'intérieur. Les détectives entrent. Le hall communique directement avec le salon qui baigne dans l'obscurité. Les rideaux sont tirés. N'y voyant rien, Lajambe attend quelques instants, le temps de s'adapter à la pénombre. Plus audacieux, Réal se dirige à tâtons vers ce qui lui semble être un fauteuil. Il localise le dossier, les bras et s'assied. Miaiiie ! Réal sursaute. Le gros chat s'enfuit à la vitesse de l'éclair, proférant des invectives à l'endroit du genre humain. Confus de sa maladresse, Réal veut quitter la pièce. Il trébuche contre une table basse et tombe sur un sofa.

– Ne bouge plus, Fripon, lance Lajambe, sinon tu vas tout casser !

Réal demeure immobile, le temps que l'éblouissement s'atténue. Bientôt, il réalise qu'il se trouve à côté de leur hôtesse qui, silencieusement, attend la suite. Elle a retiré ses lunettes. Ses yeux pleins de larmes attendrissent Réal qui se sent mal à l'aise des pirouettes qu'il vient d'exécuter. Il rougit jusqu'aux oreilles en s'éloignant quelque peu. Lajambe les rejoint et s'assied face à eux.

— Nous sommes désolés d'avoir à vous poser des questions sur la mort de votre mari, mais nous devons faire la lumière sur les événements survenus le soir du crime.

En guise de réponse, la belle éclate en sanglots et se réfugie sur l'épaule de Réal. De rouge, celui-ci passe à l'écarlate. Pour consoler une jeune fille éplorée, on a vu mieux. Il se tient droit comme un piquet de clôture au milieu d'un champ dans une tempête de neige.

— Excusez-moi ! dit-elle entre deux larmes. Je ne peux pas… Ça fait trop mal… Je vais prendre un calmant.

— Est-ce que ce n'est pas déjà fait ? demande Lajambe qui trouve qu'elle a l'œil hagard.

— Oui.

— Il serait préférable de ne pas abuser de ces trucs-là.

La prévenance de Lajambe rassure la belle. Elle s'essuie les joues, renifle un bon coup et pousse un long soupir en croisant les mains sur les genoux.

— Qu'est-ce que vous voulez savoir ?

— Racontez-nous ce qui s'est passé vendredi soir.

— Tout s'est déroulé tellement vite, j'ai encore de la difficulté à croire que c'est fini. Vous comprenez, Raymond travaillait d'arrache-pied depuis des années pour réussir. Son succès, il le méritait bien. Aujourd'hui, je réalise que nous étions entourés de personnes jalouses. C'est pour ça que cette histoire-là est arrivée.

— Que s'est-il passé au juste ? demande à nouveau

Lajambe.

Raymond venait de terminer la première partie du spectacle. Nous étions contents. La salle était bondée, le public riait beaucoup. Raymond est sorti de scène, je l'ai accompagné à la loge.

– Est-ce qu'il y avait quelqu'un dans la pièce ?

– Non. Et j'en suis certaine, car je l'avais fouillée de fond en comble quelques minutes auparavant. Je cherchais un panier en osier que Raymond a truqué et qu'il utilise dans le numéro du Petit Chaperon rouge en deuxième partie. Bien que j'avais regardé dans les coulisses, partout, je ne le trouvais pas.

– Que s'est-il passé dans la loge ?

– Raymond s'est assis à la table de maquillage. Comme d'habitude, il s'inquiétait des réactions du public ; même lorsque tout fonctionnait bien, il se demandait toujours si c'était bon. Nous avons discuté pendant quelques minutes, puis je lui ai parlé du fameux panier disparu. Ça l'a énervé, il ne supportait pas les contretemps. C'est d'ailleurs pour éviter de tels contretemps que Raymond préférait laisser les petits accessoires dans l'auto tous les soirs. Dans la loge de l'Électra, les placards n'étaient pas verrouillés. N'importe qui pouvait s'en emparer. Raymond m'a dit de me débrouiller pour le trouver, il en avait absolument besoin. Je me suis précipitée dehors pour vérifier si nous ne l'avions pas oublié dans le véhicule stationné à proximité de l'entrée des artistes. Je l'ai fouillée de fond en comble, tant sous les banquettes que dans le coffre arrière. Rien. Alors que je me résignais à revenir bredouille, j'ai regardé sous l'auto. Le panier était là, par terre. Nous avions dû l'échapper en transportant le matériel. J'ai rappliqué au pas de course. Quand je suis entrée dans la loge, Renaud Mirois était tout près de Raymond, il tenait un revolver. Il y avait du sang sur la poitrine de Raymond, j'ai crié. Il était trop tard.

Revoyant l'image d'horreur, elle s'enfouit la tête dans les mains.

— Est-ce que Raymond était assis au même endroit? demande Lajambe une fois que la belle eut retrouvé son calme et repoussé ses longs cheveux à l'arrière des épaules.

— Oui. Lorsque j'ai quitté la loge, Raymond avait le visage tourné vers la glace, il apportait quelques retouches à son maquillage. À mon retour, il s'était affaissé sur la table.

— Et Mirois, que faisait-il?

— D'une main, il tenait l'arme, et de l'autre, il bousculait Raymond.

Lajambe réfléchit quelques instants.

— Lorsque vous êtes sortie de l'immeuble, la porte ne s'est-elle pas refermée d'elle-même derrière vous?

— J'avais obstrué la fermeture avec une planche pour pouvoir revenir sur mes pas.

— Est-ce que vous avez croisé ou vu quelqu'un à l'extérieur?

— Il y avait des gens dans la rue, mais vous comprenez, j'étais tellement énervée que je n'ai pas porté attention.

— Combien de temps avez-vous mis pour retrouver le panier?

— Regarder sous les banquettes, à l'avant, à l'arrière, dans le coffre… Il y avait plein de trucs à la traîne partout… Difficile à dire… Trois ou quatre minutes… Peut-être plus.

– Lorsque vous le cherchiez dans les coulisses, est-ce que vous avez croisé quelqu'un ?

– Oui, Yvon Duclos.

– Raymond et Duclos s'étaient disputés avant le spectacle.

– C'est de la faute à Duclos ! Vous savez, c'est un artiste sur son déclin, il est fini. Il ne fait plus que des talk-shows à la télévision où il se remémore ses succès d'autrefois. Ses heures de gloire sont derrière lui. Juste avant la représentation, avant que les gens entrent dans la salle, il est venu proposer à Raymond de travailler en duo. Bien qu'il ne l'admette sans doute jamais, l'intention de Duclos était très claire : tirer bénéfice de la popularité de Raymond, la vedette de l'heure. Raymond ne l'a pas pris, il a piqué une sainte colère. C'est vrai qu'il n'a pas été tendre à l'endroit de Duclos, mais celui-ci méritait bien de se faire remettre à sa place.

– Où était-il lorsque vous l'avez vu ?

– Dans les coulisses, du côté opposé à la loge, où on range les décors. Je crois qu'il a assisté à la première partie du spectacle à cet endroit. Lorsque je l'ai croisé, un peu avant l'entracte, il n'a pas fait attention à moi. Il avait les yeux rougis, sans doute qu'il avait pleuré. Mais c'était de sa faute !

– Avez-vous vu d'autres personnes également ?

– Non, seulement lui. Raymond faisait un *one-man-show*, il n'avait besoin de personne autour de lui. Je m'occupais des accessoires, des costumes et du maquillage. Mais il aurait très bien pu se passer de moi s'il avait voulu. D'ailleurs, avant notre rencontre, il n'avait personne pour l'aider.

— Depuis combien de temps connaissiez-vous Raymond ?

— Depuis trois ans.

— Quel âge aviez-vous ?

— Moi, dix-sept, lui, trente.

— À quelle occasion ?

— J'étudiais en graphisme au Cégep du Vieux Montréal, où il était venu donner un show. À cette époque, Raymond n'était pas une grande vedette. Je suis allée le retrouver à la fin du spectacle pour lui proposer de faire ses affiches. C'est comme ça que tout a commencé.

— Vous vous êtes fréquentés tout de suite.

— Non. À ce moment-là, Raymond vivait avec une femme, Monique Beaurivage, depuis une dizaine d'années. Il a fallu un certain temps avant que Raymond ne mette un terme à cette relation. Mais lorsqu'il l'a fait, nous nous sommes mariés dans la même année. Raymond disait que Monique Beaurivage l'aimait encore, elle venait le voir parfois. D'ailleurs, elle était dans la salle vendredi soir.

— Est-ce que vous parliez à madame Beaurivage ?

— Jamais. Je sais qui elle est, sans plus. Avant chaque représentation, Raymond observait le public avec des jumelles afin de modifier certaines parties de ses monologues pour les adapter aux personnalités dans l'assistance. L'effet était bon, les gens se pâmaient de rire. Lorsqu'il constatait que Monique Beaurivage était dans la salle, il me le disait, simplement. Je ne l'ai toujours vue que de loin.

— Avez-vous une idée où nous pouvons rejoindre madame Beaurivage ?

— Je crois qu'elle est ingénieure. C'est tout ce que je

sais.

– Qui d'autres assistaient au spectacle ce soir-là ?

– Attendez que je me souvienne… Bien sûr, tous les critiques de la presse écrite, de la radio et de la télévision étaient présents. Puis… Il y avait Robert Picotte.

– Le ministre de la Santé du gouvernement provincial ?

– Oui. Raymond aimait ça lorsque monsieur Picotte venait le voir. Imaginez, occuper un poste comme celui-là avec un nom pareil ! Raymond s'en servait beaucoup dans ses numéros.

– Est-ce que Raymond a souligné la présence de quelqu'un d'autre ce soir-là ?

– Euh ! Non, je ne crois pas… Attendez… André Saint-Jean était dans la salle également.

– Son frère ?

– Raymond ne parlait pas de sa famille. Parti de chez lui très jeune et n'y était jamais retourné. Il n'entretenait aucune relation avec les siens.

– Pour quelle raison ?

– Raymond n'évoquait jamais ce sujet, je ne sais pas.

– Et Renaud Mirois, est-ce que vous le connaissiez ?

– Bien oui, c'est le critique de spectacles de l'heure, il est partout. À la télévision, à la radio, dans les journaux, dans les revues, Raymond me parlait souvent de lui. Il disait qu'il était un artiste raté. Lorsqu'il faisait une entrevue, il essayait toujours de se mettre en valeur, pas la personne qu'il interviewait. Raymond connaissait Mirois depuis longtemps. Ils viennent tous les deux de Québec. Ils ont le même âge et sont allés à l'école ensemble. Ils étaient de bons amis jusqu'au jour où ils ont commencé à faire des spectacles d'humour. Les débuts d'une carrière sont difficiles. Mirois n'a pas persévéré, il est devenu critique. Raymond a trimé dur, mais il est passé à travers ces années pénibles ; sa popularité, il l'avait bien méritée. Raymond disait que Mirois était jaloux de son succès.

— Est-ce qu'ils se voyaient de temps à autre ?

— Ils ne se parlaient plus depuis plusieurs années. L'opinion de Mirois concernant les spectacles de Raymond était toujours très mauvaise. Raymond n'accordait plus aucune interview à Mirois. Il refusait même de collaborer aux émissions de télévision et de radio auxquelles Mirois participait.

— Dans le milieu artistique, de quelle façon Mirois est-il perçu ?

— Je ne pense pas qu'il ait beaucoup d'amis. On le craint, car il rejoint un large public par le biais de plusieurs médias, mais aussi, on le déteste, parce qu'il est vraiment très méchant.

Lajambe marque un temps d'arrêt. Il dévisage son interlocutrice qui, après chaque réponse, baisse la tête. Comment se fait-il que de jeunes individus, beaux, intelligents, promis à un avenir confortable, soient impliqués dans une sordide histoire de meurtre ? se demande-t-il. L'inspecteur regarde autour de lui. Le salon, décoré avec goût, n'est pas tellement grand. Les meubles, trop massifs, auraient besoin de plus d'espace.

— Il y a longtemps que vous demeuriez ici ?

— Depuis notre mariage, un an, répond Sylvie, la gorge serrée. Nous étions censés déménager en juillet, dans le quartier Outremont. Raymond disait que les artistes et les professionnels qui réussissent habitent un quartier plus chic que le Plateau.

Lajambe se gratte la tête.

– Selon vous, demande-t-il, est-ce qu'il y avait plusieurs personnes qui n'aimaient pas Raymond ?

– Je ne sais pas. Raymond travaillait fort pour parvenir à ses fins. Jour et nuit, il écrivait et répétait ses numéros. Il enregistrait ses spectacles sur vidéo et visionnait les cassettes des dizaines de fois pour améliorer sa performance. Raymond faisait beaucoup de sacrifices pour sa carrière, il voulait réussir à tout prix.

– Pouvez-vous nous prêter ces cassettes ?

– Bien sûr, elles sont ici, dans la bibliothèque.

– Nous les prendrons tantôt. Certains disent qu'il était difficile de travailler avec Raymond, qu'en pensez-vous ?

– Raymond était un perfectionniste. Il ne tolérait pas que les gens autour de lui ne le soient pas. C'est comme… Euh ! Lorsqu'un de ses collaborateurs commettait une erreur, Raymond avait l'impression qu'on détruisait ce qu'il avait bâti. Il avait horreur de ça.

– Il piquait des colères ?

– Oui.

– Et tout le monde y passait ?

Elle hoche de la tête, baisse les yeux et soupire profondément. Comme un rideau, ses longs cheveux tombent devant son visage meurtri. Elle a sûrement subi les foudres de son mari à quelques reprises, pense Lajambe.

– Entre vous deux, ça allait bien ?

– Nous nous aimions, murmure-t-elle. Raymond voulait tellement réussir. Je le secondais du mieux que je pouvais. Ses succès étaient un peu les miens.

XXXXX

Après avoir fermé la porte du logement de Sylvie Saint-Jean, Réal, les bras chargés de cassettes, rejoint Lajambe sur le balcon. Les médias, toujours à la recherche de détails croustillants sur l'affaire, patrouillent les parages. Sur le trottoir, des photographes prennent des clichés de la résidence de la vedette, de la rue, des voisins. Des journalistes, carnets de notes à la main, interrogent des gens qui n'ont rien à dire.

– Tes amis sont ici, Fripon. Ils fouillent dans tous les coins pour trouver des informations pour rédiger leurs papiers. Va les rejoindre, ajoute Lajambe en poussant Réal vers l'escalier, ils ont sûrement des questions pour toi.

Dès qu'ils aperçoivent Réal, tous prennent la poudre d'escampette.

– En trente-huit ans de métier, je n'ai jamais rien vu de pareil, dit Lajambe en posant le pied sur le trottoir. Tu as un talent fou pour les relations publiques, Fripon. Quel travail !

Réal accepte le compliment avec humilité.

– Avec les médias, il suffit d'être honnête et de demeurer soi-même, dit-il.

Lajambe tire un mouchoir de sa poche et s'éponge le front.

– Putain de chaleur ! s'exclame-t-il. J'en ai marre de me faire rôtir le caillou. Laisse les cassettes dans l'auto et allons relever une sentinelle, là où il y a un peu d'air frais !

Réal dépose les enregistrements dans le coffre de la voiture et suit son collègue qui emprunte la rue Rachel, en bordure du parc Lafontaine. Avec la chaleur, le parc est très fréquenté. Plusieurs s'allongent sur l'herbe, à l'ombre des arbres, tandis que d'autres, étendus en plein soleil, lisent des revues traitant du cancer de la peau et s'étonnent de l'insouciance des gens en matière de prévention.

Lajambe repère finalement un débit de boissons qui affiche *Air climatisé*, et s'y précipite à toute vitesse. Le petit bistro, pouvant accueillir une cinquantaine de personnes, est à moitié vide. Quelques clients s'attardent à siroter une bière. Au fond de la pièce, un groupe de jeunes ont réuni plusieurs tables et causent bruyamment. Lajambe pose son veston sur un tabouret et, tout en restant debout, s'appuie sur le comptoir.

— Assieds-toi, Fripon. Il fait bon ici. L'air frais revitalise l'esprit. Un zinc, c'est l'endroit idéal pour discuter.

Pendant que Réal s'approche, le barman prend les commandes des nouveaux arrivés.

— Un verre de blanc, s'il vous plaît ! Et pour toi, qu'est-ce que ce sera ? Une bière ?

— Jamais de la vie ! répond Réal qui réagit à la suggestion de Lajambe comme si celui-ci lui avait proposé un breuvage empoisonné.

— Tu ne bois pas ? Même pas à la capucine !

— Je ne supporte pas l'alcool. Ce sera une limonade.

— Tu es bougrement mal foutu, Fripon !

— Je l'ignore.

Le barman se retire.

— Notre enquête ne se présente pas trop bien, dit Lajambe.

— Ah oui ! s'étonne Réal.

— Nous n'en sommes qu'au début et il y a quelque chose qui me dit qu'il y en a plusieurs qui n'aimaient pas Raymond Saint-Jean. Maintenant, reste à savoir qui le détestait au point de le flinguer.

– Moi, ce qui me surprend le plus dans toute cette histoire, c'est d'apprendre que Raymond Saint-Jean avait mauvais caractère. À la télévision, il était tellement sympathique !

– Certains artistes ont une double personnalité. En public, ils soignent leur image. Ils se montrent gentils, attachants, attentifs aux propos de monsieur et madame tout le monde. Par contre, en privé, ils sont exécrables, font des crises, se foutent de tout, ridiculisent les gens et veulent qu'on les laisse en paix. J'ai l'impression que Raymond Saint-Jean était ce type d'individu.

Le barman apporte des consommations. Lajambe paie la note. Il boit avec empressement.

– Ah ! soupire-t-il. Pour étancher une grosse soif, Fripon, tu étouffes un pierrot tout frais, un seul. Il n'y a rien de mieux, crois-moi, parole de Lajambe !

– Moi, dit Réal, je préfère une limonade.

Lajambe ne peut s'empêcher de rire de la remarque de Réal.

– Tu sais, Fripon, tu es le premier Franco-Ontarien que je connais. Vous avez drôlement le sens de l'humour dans ce coin de pays.

– Vous trouvez ?

– Hé ! Comment ! s'exclame Lajambe en faisant signe au barman. Garçon ! Je prendrais un ballon de rouge, s'il vous plaît. Et pas du porto de déménageur ! Nous allons trinquer à la santé des Franco-Ontariens.

– J'ai ce qu'il vous faut. Vous ne serez pas déçu.

– Je vous fais confiance.

Se tournant vers Réal, Lajambe poursuit.

— Revenons à nos moutons. Est-ce que tu connais le milieu artistique ?

Sans être un grand spécialiste en la matière, Réal lit les journaux à potins durant ses heures libres et, le soir, en compagnie de son épouse, regarde les émissions de télévision où l'on présente la vie des vedettes.

— Un peu, dit-il.

— Ça m'a tout l'air que c'est un satané panier de crabes. Et les bestioles ont de bien grosses pinces !

— Vous parlez des artistes en général ou de ceux qui viennent de la Gaspésie ?

— Elle est bonne, celle-là, dit Lajambe en riant. Tu ne peux pas t'empêcher de faire des farces, hein Fripon ! J'aime bien ça.

Réal sourit, mais en fait, il ne comprend pas ce qu'il y a de drôle dans ce qu'il a dit.

— Qu'est-ce que tu penses de la femme de Saint-Jean ? demande Lajambe.

— Elle est très belle, répond Réal qui, soudainement, affiche un air extatique.

— Son mari a dû lui faire passer de mauvais quarts d'heure. Crois-tu qu'elle lui en voulait ?

— Elle est magnifique, ajoute Réal, les yeux ronds.

— Tu as de la suite dans les idées, Fripon ! Qu'est-ce qui t'arrive ? Ce n'est pas la première fois que tu vois une jolie demoiselle, tout de même.

— Comme ça, je n'en ai pas rencontré souvent. Je ne vous l'ai pas dit, mais les femmes me font un drôle d'effet.

— Tu parles !

— Surtout lorsqu'elles sont belles.

– Je suis d'accord avec toi que la petite madame Saint-Jean a un beau petit minois.

Le barman pose le ballon de rouge devant Lajambe qui le saisit immédiatement et le lève bien haut.

– Allez, Fripon, secoue-toi. Trinquons à la santé des Franco-Ontariens !

Les vedettes

— Je serai au *West Side Story Bar* ce soir, à 21 heures
30.

— Comment vais-je vous reconnaître ?

— Demandez au garçon, il vous renseignera.

— Très bien, merci. Au revoir !

— Au revoir !

Lajambe repose le combiné.

— Vous voyez qu'il fonctionne bien, dit Réal. Il suffit
de sélectionner une ligne sur le poste en appuyant sur un
bouton qui n'est pas allumé.

— Fripon, je ne comprends pas pourquoi on s'amuse à
tout compliquer comme ça. Moi, je ne suis pas une
standardiste, je veux simplement faire un appel. Pas vingt-
cinq, un seul ! Alors, pourquoi me donner un truc pareil ?
Comment peut-on parler à plusieurs personnes à la fois ?
C'est de la connerie ces machins-là.

Réal abandonne l'idée d'expliquer le fonctionnement
du poste téléphonique multilignes à Lajambe.

— Nous rencontrons Monique Beaurivage ce soir, si j'ai
bien compris ? demande-t-il.

— Oui.

Réal saisit quelques feuilles de papier sur son bureau et les tend à Lajambe.

— Tiens, dit-il, voici le rapport balistique concernant le meurtre de Saint-Jean.

— Je ne lis jamais ces feuilles de chou, Fripon, ça me rend dingue. Il n'y a que des évidences dans ces trucs-là. On n'y apprend jamais rien. Comment penses-tu que l'assassin a flingué Saint-Jean ? Il s'est approché de sa victime, lui a balancé la purée dans le battant, un point, c'est tout. Le pétard était sûrement muni d'un silencieux pour ne pas attirer du trèfle. Et Saint-Jean devait très bien le connaître, car sa femme affirme l'avoir quitté pendant qu'il retouchait son maquillage, devant la glace, et, lorsqu'elle est revenue, elle l'a trouvé dans une position identique, en compagnie de Mirois qui lui chantait une berceuse. Quand l'assassin est entré dans la loge, il semble que Saint-Jean ne se soit pas levé ni même tourné vers lui ; c'est donc dire qu'il ne s'en méfiait pas. Qui était-ce au juste ? La balistique n'est pas d'une grande utilité pour répondre à cette question, Fripon.

— Vous avez raison, dit Réal en feuilletant les pages du document. L'arme était munie d'un silencieux.

— Évidemment ! Ces paumés rédigent toujours des rapports pour nous indiquer la température qu'il faisait hier. C'est comme l'histoire des enfants Therrien, tu connais ?

— Non.

— Voilà quelques années, deux gosses d'une même famille, âgés de six et huit ans, ont été enlevés alors qu'ils s'amusaient au terrain de jeu. Les gars du labo, les Sherlock Holmes des temps modernes, arrivent sur les lieux. Ils relèvent des empreintes, analysent des grains de sable et étudient des poussières. Moi, je ne perds pas une seconde avec ces tordus. Je me rends directement à l'hosto des dingues où j'apprends qu'on a remis en liberté, la veille, Simon la Grande Lopette. Je fais un saut chez lui. Qui est là ? Les deux mômes bien ficelés et Simon en ballerine qui leur fait son numéro de *La Belle au bois dormant*. Pendant ce temps, sais-tu où les paumés du labo en étaient avec leurs analyses à la con ? Je te le donne en mille. Dans le carré de sable où s'amusaient les enfants, ils avaient trouvé un poil de cul suspect. Ces conards avaient épinglé une vieille mémé qu'ils soupçonnaient d'avoir commis l'enlèvement. Elle était aux cent coups, la pauvre, elle aurait pu en crever. Elle niait toutes les accusations tout en reconnaissant que, dans un moment d'égarement, elle était venue, au cours de la matinée, faire des galipettes au terrain de jeu. « Je ne suis vraiment pas chanceuse, disait-elle, si vous saviez le peu de poils de cul qu'il me reste ! »

– Quand tu as vu des imbécillités comme ça, Fripon, tu te méfies des types de labo et de leurs trucs à la con. Quand on est con, on est con !

Lajambe parle fort et avec conviction. Réal, qui ne comprend pas très bien ce que son collègue raconte, se demande si Lajambe est fâché. Et si oui, pourquoi ? A-t-il bien fait d'aborder la question du rapport de la balistique ? En fin connaisseur de la nature humaine, il tente une diversion en changeant de sujet de conversation.

– Est-ce que nous regardons les cassettes des spectacles de Saint-Jean ?

– Excellente idée, Fripon !

– Ouf ! fait Réal, heureux de constater que sa tactique a bien fonctionné.

Dans l'ascenseur qui les conduit au sous-sol, là où sont rangés les appareils audiovisuels, ils croisent le sergent Letarte.

– Je voulais justement vous voir, messieurs. Comment va l'enquête sur l'assassinat de Raymond Saint-Jean ?

– Bien, dit Lajambe.

– Parfait ! Merci de cette précision. Je m'excuse d'abuser ainsi de votre temps, mais…

– De quoi s'agit-il ?

– C'est en rapport avec l'interview que vous avez accordée aux médias, monsieur Frigon. C'était très bien, soit dit en passant, mais certains membres de la presse nous accusent de faire de la désinformation. Et ils veulent me rencontrer.

– Qu'est-ce que c'est ça, au juste ?

– C'est ce que je me demandais également.

– Je n'en sais rien. Posez la question aux journalistes.

– Très bien. Excusez-moi de mettre un terme à notre entretien qui nous fut réciproquement fort utile, mais je descends ici, au rez-de-chaussée. Merci de votre collaboration, messieurs.

– Et tenez-nous au courant, sergent !

La porte d'ascenseur se referme.

– Ce qu'il peut être con, celui-là ! Tu l'as entendu ? Tu lui dis merde et il te répond merci. Ah ! La pensée positive ! Il y a des coups de pied au cul qui se perdent, nom de dieu !

Quelques instants plus tard, les détectives entrent dans la salle audiovisuelle. La pièce peut accueillir une quarantaine de personnes. À l'avant, un grand tableau vert devant lequel se glisse un écran suspendu au plafond. De chaque côté, des téléviseurs reliés à un magnétoscope posé sur une petite table le long du mur. À l'arrière, une cabine où sont entreposés des projecteurs. Dans la salle, les sièges, de gros fauteuils confortables, sont munis de planchettes amovibles permettant de prendre des notes lors des présentations.

— Tu sais comment ça fonctionne ce truc-là ? demande Lajambe.

— Au cégep, on nous a montré comment les utiliser.

Réal se dirige vers le magnétoscope, l'allume, y insère une cassette et vient s'asseoir près de Lajambe, deux contrôleurs à distance en main.

— Sur le boîtier, dit-il, on indique que l'enregistrement a été effectué le soir de la première, la veille du meurtre.

Réal appuie sur un bouton, l'éclairage de la salle diminue d'intensité.

— Qu'est-ce qui se passe ? demande Lajambe. Une panne d'électricité !

— Non, c'est moi qui fais ça. J'ai toutes les commandes ici, dit-il en montrant les manettes.

— Merde alors !

Réal active une fonction, une image apparaît à l'écran. Debout, des gens rient aux larmes et applaudissent à tout rompre.

— C'est la fin du spectacle, je vais revenir au début.

Sous le regard inquiet de Lajambe, Réal manipule les contrôles.

— Drôle d'atmosphère ! Surtout, tu ne me laisses pas seul dans cette salle, même pas pour aller pisser, Fripon, tu m'entends ?

— Il ne faut pas avoir peur des appareils comme ça.

— Je me méfie de ces inventions-là. Une lampe chauffe

et la première chose que tu sais, tout le quartier est en flamme.

— Ça n'existe plus, ces appareils.

— Si ce n'est pas ça, c'est autre chose. Il y a toujours un truc qui finit par disjoncter quelque part et le résultat est le même.

Les craintes de Lajambe amusent Réal qui arbore un large sourire.

— Vous avez vraiment peur du feu !

— Hé comment !

Bientôt, l'image apparaît à nouveau sur le téléviseur. Raymond Saint-Jean, tout de noir vêtu, entre sur la scène dépouillée de tout décor. Avant même qu'il n'ait dit un seul mot, fait le moindre geste, les gens rient déjà dans la salle. De toute évidence, le public est gagné d'avance. L'artiste entonne une chanson dans laquelle il ridiculise le ministre de la Santé, Robert Picotte, l'accusant d'incompétence et de malhonnêteté. Réal et Lajambe, qui n'ont jamais vu de performances de Raymond Saint-Jean, sont étonnés des propos gratuits et blessants. Par contre, l'auditoire raffole de ce genre d'humour, les spectateurs ne cessent d'applaudir. Suivent une série de monologues, entrecoupés d'imitations, où Saint-Jean continue à se moquer de plusieurs gens connus.

L'assistance rit. Puis Saint-Jean s'attaque aux habitudes de vie de monsieur et de madame Tout-le-Monde. Regarder ces images, en sachant ce qui est arrivé à l'artiste, laisse un goût amer.

Dans la deuxième partie, Saint-Jean s'en prend à des personnages classiques. *Robin des Bois* devient un escroc de grand chemin et *Le petit Chaperon rouge*, une nymphette à la recherche d'aventures amoureuses qui se promène dans les bois avec un panier rempli d'objets qui ne servent certainement pas à la cueillette de fruits sauvages. S'enchaînent quelques numéros où l'artiste joue avec l'absurde et le mauvais goût. Encore une dernière chanson et c'est la fin, le public est en délire. Raymond Saint-Jean revient saluer ses admirateurs à plusieurs reprises. Les détectives demeurent muets. En gros plan : le bonheur de Saint-Jean, ses yeux pétillants, son rire, son geste de la main… Réal arrête le magnétoscope. Le spectacle a duré près de deux heures.

— Est-ce que vous voulez visionner d'autres cassettes ? demande Réal.

— Non, merci. J'ai mon compte. Pas toi ?

— Je ne tiens pas à en regarder davantage.

Réal allume les lumières.

— Qu'est-ce que tu en penses ? questionne Lajambe.

Réal réfléchit un certain temps.

— Je ne trouve pas ça correct de s'en prendre au petit Chaperon rouge, dit-il enfin. C'est un personnage que les enfants aiment bien, je ne vois pas pourquoi le démolir ainsi sans aucune raison.

— Fripon, tu es un grand sensible avec de belles valeurs.

Lajambe se gratte la tête. Il semble perdu dans ses pensées.

— Te rends-tu compte ? dit-il après un certain temps.

— De quoi ?

— Avec toutes les conneries que Saint-Jean racontait sur chacun, il y en avait plusieurs qui en avaient ras le bol de se faire insulter de la sorte.

– Sans doute.

Réal attend la suite des propos de Lajambe, mais celui-ci se tait, absorbé dans ses réflexions.

– Je ne regarde pas tellement la télévision, dit-il enfin. Tu crois pouvoir trouver des trucs sur Mirois ?

– Quel genre ?

– Renaud Mirois, il participait à plusieurs émissions ?

– Oui.

– Va visiter les stations et essaie d'obtenir des cassettes de ces émissions. J'aimerais bien voir la bouille qu'il montre au public, celui-là.

XXXXX

Le jour, monsieur Riendeau, le gérant de l'Électra, administre, rue Masson, un magasin de chaussures au rabais où, si vous avez le malheur d'acheter une paire de souliers, on vous en donne un troisième, gratuit, du pied que vous désirez, en plus de vous faire participer au tirage d'un voyage d'une semaine en Floride, pour une personne, en autocar, lors de la saison des ouragans.

– Nous sommes désolés de vous déranger, monsieur Riendeau, dit Lajambe. Nous ne savions pas que vous étiez sur votre heure de dîner. Préférez-vous que nous repassions ?

– Mais non, je vais répondre à vos questions tout de suite. Suivez-moi.

Monsieur Riendeau prend la bouteille de boisson gazeuse et la boîte de pizza que vient tout juste de livrer un jeune garçon hors d'haleine, et se dirige vers l'arrière-boutique. Quelques clients sillonnent le magasin, des vendeuses sur les talons.

— Je mange toujours à 2 heures, après les employées. C'est plus tranquille, il n'y a pas beaucoup d'achalandage.

La pièce exiguë, remplie d'étagères chargées de marchandises, est séparée de la salle par un rideau de billes de bois de style espagnol. Monsieur Riendeau pose son repas sur un petit bureau encombré de paperasse. Étant donné le peu d'espace, Réal se retrouve assis sur un siège trop bas et Lajambe se tient debout. Monsieur Riendeau décapsule la boisson gazeuse, puis détache une pointe de pizza en coupant les filaments de fromage de la garniture avec ses doigts.

— Si vous permettez, dit-il en se tournant vers le rideau de billes de bois qui n'en finissent plus de s'entrechoquer. Même en mangeant, je dois jeter un œil sur le magasin. L'art de la gestion réside dans la surveillance, saviez-vous ça ? Observer tout ce qui se passe. Pour qu'il n'arrive rien de fâcheux ! Il y a le personnel à garder à vue. Quatre employées, de charmantes jeunes filles, c'est beaucoup. Et c'est bien connu, quand le chat n'est pas là, les souris dansent. Puis il faut guetter les clients. Surtout lorsqu'il y a un étalage à l'extérieur, comme aujourd'hui. C'est bon de présenter ses produits sur le trottoir, ça attire les gens, mais ça intéresse les voleurs aussi.

Pointe de pizza à la main, monsieur Riendeau observe les activités qui se déroulent dans le magasin sans regarder ses interlocuteurs. Un mètre cinquante-cinq, rondelet, à demi chauve, l'individu est âgé de quarante-cinq ans tout au plus. Il remonte constamment ses grosses lunettes noires qui glissent sur son petit nez luisant. Son habillement : complet vert bouloché, chemise jaune délavé, cravate mauve et souliers d'un brun éclatant.

– Vous êtes le gérant de l'Électra ?

– Depuis quatre ans.

– À qui appartient la salle ?

– C'est confondant, ça change tout le temps.

– Que voulez-vous dire ?

– Aujourd'hui, avec les fonds de placement internationaux, on ne sait plus à qui on a affaire. Les propriétaires proviennent d'un peu partout et, en plus, ils diversifient leurs portefeuilles dans différents secteurs de l'économie, ça n'arrange pas les choses. On ne s'y retrouve plus. Ceux qui ont le magasin ici possèdent également l'Électra, ainsi que d'autres salles de spectacle, des restaurants, des manufactures… ça n'en finit plus. Je crois qu'il appartient à un groupe en provenance d'Arabie Saoudite… Je n'arrive jamais à me souvenir de leur nom précisément. Mais je vais vous le trouver.

– N'est-ce pas étrange tout de même cette situation ?

– Que voulez-vous ? C'est comme ça. On est passé entre les mains d'un fonds japonais, puis chinois, puis russe, puis québécois. Maintenant, ce sont les Saoudiens, pourquoi pas ? On ne se surprend plus de rien.

Avant, on rendait des comptes directement à un propriétaire, aujourd'hui tout se fait à distance. Je ne les vois pas souvent. Étant donné tout ce qui arrive au Moyen-Orient, ils ne voyagent pas beaucoup, à une ou deux reprises par année tout au plus. Ils se pointent toujours sans prévenir, restent ici quelques semaines, vérifient les livres, visitent des cabarets de danseuses nues et repartent en emportant toutes mes sandales. Ils me font le coup chaque fois. Si ça se passait à une autre période, ça ne cause pas de problème, mais l'été, c'est embêtant. La demande est forte. Tous les propriétaires font la même chose. Quand c'était les Russes, ils venaient au début de l'hiver et prenaient tout le stock de bottes. Les Québécois, eux, c'était juste avant les vacances de la construction. Ils faisaient main basse sur les gougounes avant de se rendre à Old Orchard ou à Cape Cod. Comment donner un bon service à la clientèle dans de telles conditions ? Pas évident !

Monsieur Riendeau avale une gorgée de sa boisson gazeuse, détache une nouvelle pointe de pizza tout en continuant à observer les activités qui se déroulent dans le magasin.

— Que s'est-il passé le soir du crime ?

— Je ne sais trop, je n'ai rien vu. Pourtant, je surveillais tout, comme d'habitude ! Comment est-ce possible qu'une chose pareille se soit produite dans mon établissement ? Je ne comprends pas. J'étais à l'arrière de la salle, en compagnie d'oncle Sam. À la fin de la première partie du spectacle, nous avons ouvert les portes. Voilà que le barman, monsieur Fontaine, arrive en courant et me dit qu'il n'a plus de verres. Et les gens qui se présentent au comptoir ! La bière, c'est ce qui se vend le plus. Mais nous gardons notre calme. Fontaine va à la remise au pas de course, je le remplace et oncle Sam surveille l'entrée. Je sers ceux et celles qui ne veulent pas de breuvage. Après quelques minutes, Fontaine revient et tout rentre dans l'ordre. Soudain, qu'est-ce que j'entends ? Une femme crie dans la salle. Je n'en crois pas mes oreilles. Je me précipite à l'intérieur. Des gens circulent dans toutes les directions, je ne comprends pas ce qui se passe. Sur la scène, quelques personnes tentent de calmer madame Saint-Jean qui pleure, qui gémit, tout en accusant Renaud Mirois d'avoir tué son mari. Un peu plus loin, d'autres immobilisent Mirois qui ne cesse de répéter son innocence. Je pose des questions, on ne me répond pas. J'entre dans la loge, Raymond Saint-Jean est affaissé sur la table de maquillage, baignant dans son sang. J'appelle 911. Les policiers n'ont pas tardé, ils étaient ici en quelques minutes. Ils ont arrêté Renaud Mirois et fait évacuer les spectateurs. C'est tout ce que j'ai vu.

— Combien de temps s'est-il écoulé entre la fin de la première partie et les cris de madame Saint-Jean ?

Monsieur Riendeau ferme les yeux et se concentre quelques instants.

— Moins de dix minutes, dit-il enfin.

— Pouvez-vous être plus précis ?

— Environ sept à huit minutes, réplique monsieur Riendeau qui boit un coup, détache une nouvelle pointe de pizza et reprend son observation.

— Connaissiez-vous Raymond Saint-Jean ?

— Comme ça, je l'ai rencontré à plusieurs fois lorsqu'il a loué la salle.

— Comment était-il ?

— Il voyait à ses affaires. Dès que quelque chose n'allait pas, il demandait une réduction du prix, le salaud. Nous faisions tout pour le satisfaire, mais il exagérait ; l'Électra, ce n'est pas la Place des Arts ! Puis... comment dire ? C'était une vedette, il faisait souvent des crises. Tout le monde y goûtait : ses techniciens, les employés de la salle, sa femme, personne n'y échappait.

— Il aurait eu une prise de bec avec Yvon Duclos avant la représentation. Que savez-vous à ce sujet ?

— Non, j'ignorais cela. Vous me l'apprenez. Mais cela

ne me surprend pas, Raymond Saint-Jean se disputait avec tous.

– Connaissez-vous Renaud Mirois ?

– De vue seulement, je ne lui ai jamais parlé. On dit que c'est un drôle de numéro aussi, celui-là.

– Lorsque vous l'avez croisé immédiatement après le meurtre, comment était-il ?

– Il était furieux. Il tentait d'échanger avec madame Saint-Jean qui ne l'écoutait pas, ce qui l'enrageait encore davantage. Il répétait constamment qu'il n'avait rien fait.

Monsieur Riendeau boit un coup, saisit la dernière portion de pizza et reprend son observation.

– Les petits garnements ! s'exclame-t-il aussitôt. Eux, je les ai à l'œil.

– Mais de qui parlez-vous ?

– Des jeunes, dehors. Regardez !

Sur le trottoir, devant le magasin, trois garçons s'amusent à se tirailler et à se bousculer.

– J'ai hâte que l'école recommence. Les vacances d'été sont trop longues. Les enfants ne savent plus que faire d'eux. Alors ils font de mauvais coups ! Ce sont eux qui volent mes souliers.

– Où étiez-vous lorsque les gens se présentaient à l'Électra ?

– J'étais à l'entrée, je vérifiais les billets. De cette façon, j'évite de payer un salaire et je peux surveiller si tout se déroule bien. Au besoin, si l'on me demande, oncle Sam peut me remplacer. Mais ce soir-là, je n'ai pas été dérangé.

– Vous avez vu tous les spectateurs ?

– Oui.

– Avez-vous remarqué quelque chose d'anormal ? Un individu suspect ?

– Je regrette de vous décevoir, inspecteur, mais je n'ai rien observé de tel.

– Deux employées de ce magasin travaillent à l'Électra ?

– Sarah, la grande frisée qui est à la caisse là-bas, et Renée, la petite vendeuse avec les nattes. La première à la billetterie, l'autre, au vestiaire. Elles sont gentilles et aiment bien leur boulot à l'Électra. Croiser des personnalités de la télévision et du cinéma, pour de jeunes filles comme elles, c'est tout un événement. Ça me permet de les payer moins cher.

– Nous les interrogerons tantôt.

Monsieur Riendeau termine sa boisson gazeuse et s'essuie avec une serviette de papier.

– On perd un temps fou à manger, dit-il en jetant les rebuts à la poubelle.

– Une dernière question, monsieur Riendeau, avant de vous laisser ?

– Oui.

– Comment vont les affaires de l'Électra ?

– Nous avions déjà de la difficulté à louer la salle, cette histoire de meurtre n'arrangera pas les choses.

– Est-ce que cela peut signifier une fermeture prochaine ?

– Je ne crois pas. Les Saoudiens ont beaucoup d'argent, ils aiment bien les danseuses du Québec et sont satisfaits des sandales que nous importons de Taiwan. Si nous réussissons à maintenir l'équilibre qui existe entre ces trois éléments, l'Électra survivra. Prions Allah !

– Merci, monsieur Riendeau. Nous voudrions questionner Sarah et Renée maintenant. Ce ne sera pas long.

– Je vais les chercher.

Monsieur Riendeau écarte le rideau de billes de bois et se dirige vers la caisse, tout en surveillant les garçons à l'extérieur. Bientôt, deux jeunes filles s'approchent.

– Je suis Sarah.

– Et moi, Renée.

– Détectives Lajambe et Fripon, nous sommes chargés de l'enquête sur la mort de Raymond Saint-Jean.

– Nous sommes d'accord pour répondre à vos questions, messieurs, dit Renée, mais nous étions à des endroits où nous ne pouvions rien voir de ce qui se passait dans la salle.

– Je sais. Nous avons visité les lieux. Nous voulions simplement vérifier si vous n'aviez pas remarqué quelqu'un ou quelque chose de suspect, ce soir-là. Commençons par toi, Sarah.

– Depuis ces événements, je n'arrête pas de me demander qui aurait pu commettre ce meurtre. J'essaie d'imaginer les gens se présentant au guichet… Mais je ne me souviens plus de grand-chose… Je ne vois pas… Quand je pense que j'ai vendu un billet à l'assassin de Raymond Saint-Jean ! Ça me fait peur.

– Je vous en prie, mademoiselle Sarah, dit Lajambe. Tous les jours, nous faisons plein de trucs en compagnie de tout un tas de tordus. Il ne faut pas paniquer pour ça, merde !

– Je me sens un peu coupable.

– Ça va pas! s'exclame Lajambe, fâché. Vous déconnez?

– Excusez-moi. Non, je n'ai rien vu. Tout se déroulait comme d'habitude. Je vendais des billets et prenais les réservations au téléphone. Puis soudainement, à l'entracte, j'ai entendu des cris et les gens se sont agités. Les policiers sont arrivés et ont vidé la salle. C'est tout.

– Et vous, mademoiselle Renée?

– Moi non plus, absolument rien. Avec la belle température qu'il faisait ce soir-là, le vestiaire n'était pratiquement pas utilisé. Pendant toute la première partie du spectacle, je passais le temps en lisant une revue. J'ai entendu des cris et… Vous connaissez la suite.

– Rien d'inhabituel?

– Rien.

– PETITS VOLEURS! lance monsieur Riendeau à tue-tête en se précipitant à l'extérieur du magasin.

Les détectives s'excusent auprès des deux jeunes filles et, d'un pas rapide, rejoignent monsieur Riendeau sur le trottoir. Celui-ci gesticule et peste contre les enfants.

– Je vous l'avais dit que c'était une bande de vauriens. MALFAISANTS, VA! VOYOUS! Qu'est-ce que vous attendez, la police, pour jeter tous ces jeunes en prison?

XXXXX

– J'avais les meilleures raisons au monde pour tuer Raymond Saint-Jean, lance Raymonde Beaurivage en faisant tournoyer les glaçons dans son martini.

Lajambe et Réal s'étaient présentés au rendez-vous que leur avait fixé l'ex-femme de Raymond Saint-Jean au *West*

Side Story Bar, dans l'ouest de la ville, partie anglophone de la ville de Montréal. L'établissement a tout pour choquer les puristes du cinéma, tout au moins ceux et celles qui ont apprécié la comédie musicale du même nom. Au lieu d'un quartier de New York, comme le nom peut le laisser croire, le décor rappelle plutôt un galion espagnol. L'endroit est très sombre. Telles des bouées sur la mer, de petites lampes diffusent un éclairage tamisé. Le mobilier, en bois massif, a de toute évidence été conçu pour résister aux boulets de canon des pirates. Une imposante balustrade, simulant le pont supérieur d'un navire, sépare les tables du bar.

Le service est assuré par de gentils corsaires, dont la connaissance du français équivaut certainement aux quelques notions que vous possédez du serbo-croate. Si vous passez votre commande dans la langue de Molière, vous vous exposez à boire à peu près n'importe quoi. Ainsi, un nouveau venu qui avait demandé un cocktail avec du Triple Sec reçut trois verres de vin blanc sec.

Aller au *West Side Story Bar*, c'est comme entrer dans le Triangle des Bermudes. On perd la notion du temps et on ignore quand et dans quel état on va en ressortir. L'endroit est fréquenté par les rejetons des marins téméraires d'une époque lointaine, ces grands aventuriers qui affrontaient les mers déchaînées. Le *West Side Story Bar* est une coquille échouée sur une plage de la fin du vingtième siècle.

Les ingénieurs, ces êtres de génie, se réunissent au *West Side Story Bar* et discutent abondamment de grosseur de tuyaux, de résistance de poutres, de force motrice, d'inertie électromagnétique et d'autres sujets semblables pouvant endormir le pire des insomniaques. Ces érudits, qui n'ont jamais admis, enfants, que leurs radeaux ne flottent pas, parlent avec passion et rient entre eux de banalités qui échappent au commun des mortels.

Confortablement installés près de la balustrade, les détectives interrogent Raymonde Beaurivage dont la personnalité, des plus affirmées, ne fait pas dans la nuance. Elle écoute son interlocuteur en le regardant droit dans les yeux, puis exprime son opinion avec assurance et détail. Elle dit oui ou non, jamais peut-être. Elle ne répond pas aux questions, elle les tranche. Ingénieure, elle possède cette logique de rouleau compresseur qui déplace les montagnes. Cheveux bruns, lèvres minces, maquillage discret, elle porte un tailleur bleu marine d'une sobriété ennuyeuse. Un seul trait lui donne quelque peu un air de gamine : un petit nez retroussé, qui ne semble pas lui appartenir, mais qui va très bien avec sa coupe Cléopâtre.

– Lorsque j'ai rencontré Raymond Saint-Jean, j'avais vingt-sept ans, lui, vingt-deux. Je travaillais depuis cinq ans déjà. À cette époque, Raymond n'était pas connu. Il commençait tout juste à se produire ici et là. Installé à Montréal depuis un an, il était garçon de table dans un restaurant italien. Une ingénieure avec un serveur ! Drôle d'amalgame, vous ne trouvez pas ?

Bien qu'elle ait posé une question, Raymonde ne laisse pas le temps à ses interlocuteurs d'y répondre. Elle enchaîne tout de suite.

– Mais j'aimais Raymond. Il était beau, joyeux et gentil avec moi. Il me plaisait surtout parce qu'il avait un idéal, un but irréaliste à l'époque : gagner sa vie avec ses spectacles. Pour la personne terre à terre que je suis, un individu rêveur comme Raymond, c'était une bouffée d'air frais. Raymond, c'était ma folie... mon côté irrationnel.

Avant lui, mon existence était ordinaire, ennuyeuse…

Étranglée par l'émotion, Raymonde marque un temps.

– Excusez-moi ! dit-elle.

– Je vous en prie.

Elle essaie de boire une gorgée de Martini. Rien à faire, le liquide ne passe pas. Elle respire profondément pour tenter de chasser la pression au creux du ventre. Le résultat : elle éclate en sanglots.

– Ah non ! dit-elle en baissant la tête. Je m'étais promis de ne plus verser une larme pour ce salaud.

Elle saisit son sac sur la table et l'ouvre brusquement. Mal à l'aise, effrayé, Réal se lève d'un bond.

– Mais… qu'est-ce qui te prend, Fripon ? demande Lajambe. Ça ne va pas ?

Depuis toujours, Réal est atteint d'un mal étrange. Certains sont incapables de supporter la vue d'une goutte de sang, d'autres, des Témoins de Jéhovah frappant à leur porte, Réal, lui, c'est une femme en pleurs. Ça le rend dingue, il peut faire n'importe quoi. Le voilà qui tourne autour de Raymonde comme un danseur de lambada sans partenaire.

– Is something wrong with those guys, Ray ? demande le serveur, prêt à jeter à la mer le premier matelot qui trouble la quiétude des lieux.

– No, it's okay ! répond Raymonde, confuse de créer tant de problèmes. I'm fine… just a bit sad. Thank you, Berny!

Raymonde plonge les deux mains dans son sac.

– Je suis désolée, dit-elle.

– Calmez-vous ! Nous avons tout notre temps.

– Et je n'ai plus de kleenex !

– Fripon, cesse de tourner en rond comme un abruti et va chercher des mouchoirs.

Réal est content, il peut enfin se rendre utile pour soulager les pleurs de la dame. Il court vers le bar. Raymonde respire profondément en s'essuyant les yeux du bout des doigts.

– Je suis désolé d'avoir à vous demander de nous parler de votre passé, dit Lajambe.

– Bah ! Je ne suis certainement pas la première qui se fait avoir de la sorte par un homme. Faudra bien que je m'en sorte un jour ou l'autre. Raymond Saint-Jean m'a fait tellement mal. Il m'a tout pris, puis m'a laissé tomber comme une vieille chaussette. Il ne mérite aucune de mes larmes.

Réal revient avec un rouleau de papier de toilette format géant que l'on retrouve dans les établissements publics.

– C'est tout ce que j'ai pu trouver, dit-il en s'asseyant, hors d'haleine.

– Ce sera suffisant, dit Raymonde qui n'en demandait pas tant.

– La soirée est jeune !

Raymonde détache un bout de papier, s'essuie les yeux et mouche son petit nez retroussé.

– What a shit ! s'exclame le serveur en s'approchant.

–It was an emergency, réplique Réal.

–It's okay! I understand. When you've got to go, you've got to go, hey man! I'm gonna take care of the paper now.

–Thank you, Berny, dit Raymonde.

– Garçon ! dit Lajambe en agitant son verre vide.

—All right !

Ayant retrouvé son calme, Raymonde poursuit son récit.

— Nous nous sommes mariés un an après notre rencontre. J'étais convaincue que c'était le grand amour, celui qui dure toute la vie. Il s'appelait Raymond, moi, Raymonde, je voyais-là une marque du destin qui nous rapprochait. Que j'étais idiote ! Peu après notre union, Raymond quitta son travail pour se consacrer à sa carrière d'humoriste à temps plein. Étant donné qu'il n'avait plus aucun revenu, j'assumais tout. Absolument tout. Je payais même la location des salles et de l'équipement qu'il utilisait pour ses spectacles. Je voulais à tout prix qu'il réussisse ! Raymond disait qu'un jour, ce serait lui qui me ferait vivre, que je n'aurais plus besoin de bosser. Moi, je désirais qu'il soit heureux. Je ne demandais rien. J'assistais à toutes les représentations. Lorsqu'il était à l'extérieur de la ville et que mon travail ne me permettait pas de l'accompagner, je l'attendais jusqu'aux petites heures du matin. Les salles étaient généralement à moitié vides. Raymond revenait souvent saoul et découragé. Je lui répétais continuellement qu'il fallait qu'il tienne le coup, qu'il avait du talent et que son tour viendrait bien un jour ou l'autre.

Puis Raymond est devenu populaire, un vaste public l'appréciait. Les années de misère étaient terminées. On le demandait partout. À partir de ce moment, le comportement de Raymond à mon égard changea radicalement. Sa gentillesse fondit comme neige au soleil, il se transforma en un individu bête et méchant. Nous étions mariés depuis neuf ans. Je ne comprenais pas ce changement. Et chaque fois que je tentais d'en discuter, il faisait des crises incroyables. Un soir, il m'avoua que depuis deux ans, il avait une relation avec une autre. Une étudiante de dix-neuf ans qui fréquentait le cégep. Il en avait trente-deux. J'étais renversée. Il ajouta qu'il n'avait jamais éprouvé de sentiment pour moi, qu'il m'avait toujours utilisée pour mon fric. Même que j'avais contribué à assumer les frais de subsistance de sa maîtresse. Je n'en croyais pas mes oreilles. Je découvrais soudainement que l'être que j'aimais était un monstre.

Raymonde fait une pause, elle baisse la tête et avale sa salive. Réal se demande s'il ne doit pas aller chercher le rouleau de papier de toilette à nouveau. Mais Raymonde reprend son récit avant qu'il n'ait répondu à sa question.

— C'est ainsi que mon histoire de cœur avec Raymond Saint-Jean s'est terminée. Nous avons divorcé immédiatement. Il s'est tout de suite marié avec la jeune fille. Comme je vous l'ai dit tout au début de notre entretien, messieurs, j'avais les meilleures raisons au monde pour tuer Raymond Saint-Jean.

— Avez-vous déjà rencontré son épouse ?

— Jamais.

La réponse sèche de Raymonde n'incite pas Lajambe à formuler une autre question sur ce sujet.

— Selon vous, qui a pu commettre le crime ? demande-t-il, après un certain temps.

— Raymond avait un sale caractère. Il a souvent traité des gens de façon inhumaine ! À cette époque, je l'excusais. Je me disais qu'il se comportait ainsi parce qu'il était tendu à cause du fait qu'il pratiquait un métier difficile où il y a énormément de compétition. En fin de compte, je ne le voyais pas comme il était réellement. Un bon nombre de personnes qui lui en voulaient, c'est certain. Il n'était pas méchant uniquement sur scène, vous savez. Il s'en prenait à tout le monde, il ridiculisait les gens avec qui il travaillait et qui ne désiraient que l'aider à réussir. C'était lui la vedette. Dans la tête de Raymond, tous ceux qui l'entouraient lui devaient quelque chose.

— Connaissez-vous Renaud Mirois ?

— Un peu, comme ça. Lorsque j'ai rencontré Raymond, ils étaient amis. Puis ils se sont brouillés et Mirois est devenu très jaloux des succès de Raymond. À l'époque, je lisais les articles de Mirois dans le journal, sans comprendre pourquoi il était si méchant. Quand j'y repense, je trouve qu'ils se ressemblaient beaucoup, ces deux-là. Ils étaient très égocentriques et ne se préoccupaient de personne. Seule leur réussite individuelle comptait.

— Le soir du crime, vous assistiez au spectacle ?

Raymonde saisit son verre fermement et le vide d'un trait.

— Après le portrait que je viens de vous dépeindre de cette ordure, vous me direz que c'est étonnant d'aller le revoir. Et vous avez raison. Je ne comprends pas moi-même pourquoi. Je ne suis pas tellement fière de moi. J'aurais voulu être forte pour ne plus penser à lui. Mais les souvenirs sont gravés dans ma mémoire, je n'y puis rien. J'avais investi beaucoup dans cette relation, amour, énergie, argent… Lorsqu'il m'a laissée, c'est comme s'il s'était enfui avec une partie de moi-même. Je désirais le voir à nouveau, pour l'observer de loin, comme une spectatrice. Pour tenter de retrouver mon identité, pour récupérer ce qu'il m'avait enlevé.

— Étiez-vous venue seule ou accompagnée ?

— J'étais avec une collègue de travail, Diane Côté.

— Elle ne vous a pas quittée ?

— Non. Nous avons passé la soirée ensemble.

— Qu'est-il arrivé au juste ?

— Il n'y a pas grand-chose à raconter. La première partie du spectacle terminée, les gens se sont levés pour se rendre au restaurant à l'arrière de la salle. Nous avons décidé de rester à nos places. Puis une femme s'est mise à crier…

— Combien de temps au juste ?

— Je ne sais trop… Une dizaine de minutes environ. Puis, on nous a demandé de quitter les lieux, c'est tout.

— Et en tout temps, vous étiez en compagnie de votre amie ?

— Oui.

Un saut à Québec

L'autoroute Jean Lesage entre Montréal et Québec, que l'on appelle communément la 20, est si ennuyeuse que même les oiseaux ont le cafard lorsqu'ils la survolent. Il n'est donc pas surprenant que les conducteurs qui circulent sur cette voie rapide soient portés à mettre les gaz ; ils tentent d'en finir au plus tôt avec cette platitude.

Réal se déboîte dans la travée de gauche et appuie à fond sur l'accélérateur afin de dépasser le chapelet de camions lourdement chargés qui roulent à vitesse réduite.

– C'est la première fois que je vais à Québec ! dit Réal.

– Québec est une fichue belle ville, réplique Lajambe. Puis il y fait moins chaud qu'à Montréal.

Étant donné la canicule qui sévit dans la métropole, les détectives n'ont pas hésité à accepter l'invitation du ministre de la Santé, monsieur Picotte, de les rencontrer à Québec, en fin de matinée. Seule condition, cela se déroule dans un endroit discret, une chambre d'un grand hôtel, afin de ne pas donner naissance à de quelconques racontars susceptibles d'entacher son image publique.

– *Quand les roses fleurissaient, sortaient les filles,* chante tout bonnement Réal, manifestement ravi de se retrouver au volant d'une puissante cylindrée.

– Mais tu fais ton Pavarotti, Fripon !

– Les paroles sont de Salvador Adamo, mon préféré, il écrit bien et sa voix est magnifique.

– Tu as tous les talents, ma parole !

Contrairement à ses habitudes, Réal se montre d'une loquacité surprenante.

– Michelle aimerait bien visiter Québec, elle m'en parle souvent, dit-il.

– Tu ne dis jamais un mot sur ta femme, Fripon. Comment va-t-elle ?

– Très bien.

– Est-ce qu'elle s'acclimate à Montréal ?

– Oui, plus rapidement que je ne l'aurais cru.

– Est-ce qu'elle se cherche un boulot ?

– Elle veut terminer la décoration de l'appartement, puis faire un bébé.

– De grands projets ! Comment apprécie-t-elle la vie avec un policier ? Avec nos horaires impossibles, c'est parfois difficile pour la conjointe. Le soir, te sert-elle de la soupe à la grimace ?

– Michelle et moi, nous préférons la soupe aux alphabets, en souvenir de notre première sortie.

– Ah ! oui !

– Lorsque j'étais petit, maman en cuisinait. C'est un souvenir d'enfance.

– J'avoue que ça manque à ma culture.

– Les nouilles sont en forme de lettres. Je m'amusais à composer des mots avec les voyelles et les consonnes. À notre première rencontre, nous sommes allés au restaurant. Tous les deux, nous avons commandé une soupe aux alphabets. Je lui ai alors fait connaître mon jeu. Cela nous a occupés jusqu'à la fermeture. La serveuse était en colère contre nous. Ce soir-là, j'ai compris que Michelle était une femme pour moi.

– Et depuis, vous jouez toujours ?

– Pas à tous les repas, mais souvent. Depuis que nous avons découvert le Scrabble, c'est devenu notre passe-temps préféré. Vous connaissez ?

– Pas la moindre idée.

– Chaque joueur pige des jetons sur lesquels sont inscrites les lettres d'une certaine valeur. Le but est de former des mots, ce qui permet d'accumuler les points. Parfois, les combinaisons comptent double, triple…

Juste à penser à sa passion dévorante, Réal s'énerve à en perdre son latin. La route se transforme en damier avec des cases bleues, roses et rouges ; les autos deviennent des voyelles et des consonnes…

– Ralentis un peu, Fripon. Tu ne dois pas dépasser 200 kilomètres, tout de même.

– Excusez-moi. Je me suis laissé emporter. J'aime tellement le Scrabble ! Parfois, j'écoute le discours des gens et je compte les points. Cela demande beaucoup de concentration.

– Je comprends tout maintenant ! C'est pour cette raison que tu ne parles pas beaucoup. Tu fais des additions dans ta tête !

– Ne le répétez pas à personne, c'est mon secret.

– Fripon, tu ne cesses de m'étonner !

– Comme vous, votre nom de famille Lajambe vaut 12 points. Par contre, si vous occupez une case *Mot compte triple*, sa valeur est multipliée par trois. Vous comprenez ?

– Merde ? Je dois faire attention où je pose le pied, nom de Dieu !

Quelques heures plus tard, les détectives franchissent le pont Pierre Laporte, qui surplombe le majestueux fleuve Saint-Laurent, et empruntent le boulevard Laurier bordé de gites pour passer la nuit. Arriver à Québec par cette voie, c'est comme entrer dans une maison par la chambre à coucher. Après la série de motels, se succèdent centres commerciaux, sièges sociaux d'entreprise, édifices gouvernementaux, et, enfin, le Vieux-Québec, entouré de remparts que les premiers colons français avaient érigés jadis pour se protéger contre l'invasion des mouches noires. Aussi saugrenu que cela puisse paraître aujourd'hui, les Français croyaient fermement que ces bestioles voraces étaient plus dangereuses que les Anglais. L'Histoire leur a donné tort. De nos jours, dans ce vaste périmètre, berceau de la nation québécoise, se multiplient les bistros où les 5 à 7 s'étirent tard en soirée, ainsi que les petits restos sympas fréquentés par les fonctionnaires bien dodus qui se font payer des frais de représentation par leur ministère. À proximité de ce royaume de la bière et du beurre à l'ail se dressent les grands hôtels, les mêmes chaînes que l'on retrouve dans toutes les métropoles du monde.

Boulevard Saint-Cyrille, lorsque les détectives se pointent à la réception de l'un de ces hauts lieux de confort et demandent à parler au ministre Picotte, le préposé répond sans hésiter : « Vous êtes attendus dans la suite Vert Bouteille. Au quatrième. »

Le temps d'esquiver une Américaine corpulente qui cherchait où l'on pouvait observer des baleines et, au pas de course, de fuir un homme de Victoria coiffé d'un bonnet en peau d'ours noir comme ceux de la garde nationale à Ottawa qui désirait savoir où était tombé le général Wolfe le jour où celui-ci était venu faire la java avec son ami Montcalm sur les plaines d'Abraham, Lajambe et Réal montent au quatrième ciel. Ils frappent à la porte de la suite Vert Bouteille qui s'ouvre sur un type au teint pâle.

— Entrez ! murmure-t-il d'une voix faible.

Les détectives pénètrent dans un hall qui communique avec un salon meublé d'un voltaire et de trois berceuses. La surprise : la suite Vert Bouteille est rouge vif. Tout en se balançant doucement, deux personnes aux larges sourires béats saluent les nouveaux venus d'un signe de la tête : une religieuse et un bossu au visage violacé. En se traînant les pieds, celui qui leur avait ouvert les rejoint.

Le ministre quitte son fauteuil et tend la main aux visiteurs. En le voyant, Réal se dit qu'il ressemble à quelqu'un qu'il connaît. Crâne pointu, à demi-dégarni, gros nez, longue figure affaissée, il affiche continuellement une moue ennuyée.

— Je suis à vous tout de suite, messieurs, notre réunion tire à sa fin. Nous tentons, mes conseillers et moi, de trouver une solution à l'engorgement des salles d'urgence des hôpitaux du Québec, ajoute-t-il.

Devant l'envergure de la tâche, Lajambe ne peut s'empêcher de répliquer :

— Prenez tout le temps qu'il vous faut.

Le ministre retourne à ses invités, laissant les détectives dans le hall, face à un mur décoré d'une reproduction d'une toile de Picasso, du cubisme à son meilleur.

— Pourquoi la dame a-t-elle un œil dans le front ? demande Réal.

— Il paraîtrait que Picasso avait beaucoup de difficultés avec ses modèles qui s'enfuyaient dans les bois à tout moment. Lorsqu'elles revenaient, elles reprenaient position, mais changeaient légèrement de posture, et le peintre poursuivait son travail. Tu vois le résultat : toutes les composantes du visage sont mélangées.

— Ça me fait penser à la soupe aux alphabets, il faut replacer les éléments.

— Fripon, tu es multidisciplinaire, je suis impressionné.

Dans la pièce adjacente, le ministre hausse le ton.

— En résumé, dit-il, la nouvelle technologie est au point. Alors, procédons à l'acquisition de ce type de berceuse. Cette mesure drastique devrait corriger le problème dans les salles d'urgence, tout au moins freiner la grogne populaire. Cet après-midi, je donnerai une conférence de presse pour présenter ce concept inédit au grand public. Une percée de cette importance ne passera pas inaperçue, je serai sûrement aux bulletins d'information télévisés ce soir. De votre côté, dans les hôpitaux, soyez prêts à répondre aux questions. Surtout, ne laissez pas les bénévoles accorder des entrevues aux journalistes. Ils racontent souvent n'importe quoi. Sur ce, je vous prie de bien vouloir m'excuser, mais je dois mettre un terme à notre séance de travail.

Les conseillers abandonnent à regret leurs confortables berceuses et, après avoir salué, quittent les lieux en affichant leur large sourire béat. Le ministre accueille les détectives.

— Prenez place, dit-il.

Dès qu'ils s'asseyent sur les chaises, une sensation étrange les envahit. Lajambe se relève aussitôt.

— Merde ! s'exclame-t-il. C'est dingue ce truc, on se croirait dans un plumard, comme si on était au paradis !

— C'est la dernière innovation de la firme TINAO, une entreprise japonaise spécialisée dans la mise au point de produits qui compressent le temps. Le nom provient de l'acronyme *Time Is Not An Object*. Ils ont travaillé en étroite collaboration avec le CNRC — le Conseil National de Recherche du Canada — un organisme du gouvernement canadien qui soutient le développement technologique au pays. Dès qu'on s'assied sur ces berceuses, on a l'impression que la terre cesse de tourner. Dans les salles d'attente, les gens pourront passer des heures et des heures, sans rouspéter. C'est génial, non ! Essayez-la.

— C'est que nous ne sommes pas venus ici pour faire la sieste. Je vais rester debout si vous n'y voyez pas d'inconvénient. De toute façon, j'ai besoin de me délier les jambes.

— Comme vous voudrez. Bien que nous ayons peu de temps à notre disposition, car je dois me rendre à l'inauguration d'une usine, est-ce que je puis vous offrir quelque chose à boire, messieurs ?

— Généralement, je ne prends rien lorsque je suis en service, dit Lajambe, mais aujourd'hui, je vais faire une exception. Le voyage m'a fatigué. Un Ricard serait bienvenu.

— Très bien. Et vous ?

Réal, qui se berce doucement, se contente de sourire béatement.

– Ça fonctionne, votre truc, Fripon est dans la purée de pois jusqu'aux oreilles, dit Lajambe. Ne le dérangez pas, il n'a besoin de rien.

Le ministre disparaît derrière un mur dissimulant les autres pièces de la suite. Bientôt, le tintement des verres et des bouteilles se fait entendre. Lajambe arpente le salon de long en large.

– Tu es certain que ça va, Fripon. Tu ferais mieux de quitter cette chaise.

Réal affiche toujours son sourire béat.

– De quoi s'agit-il ? Où sommes-nous ? demande-t-il.

– Oh là là ! Bon voyage, Fripon ! Je te réveillerai à l'atterrissage.

Soudainement, le regard de Lajambe est attiré par un bout de ficelle entre deux berceuses. Il la saisit, elle mesure environ un mètre de long.

– Qu'est-ce que ça fout ici un truc pareil ? Pas pour emballer des paquets, ça. C'est suffisamment résistant pour attacher un mec.

Lajambe se penche derrière les chaises et découvre une dizaine de cordes semblables.

– Merde ! Qu'est-ce que…

Entendant des pas qui s'approchent, Lajambe remet les ficelles à l'endroit où il les a trouvées et se redresse. Le ministre entre et présente un verre au détective.

– Merci ! Vous tenez souvent vos réunions ici ?

– Le plus souvent possible. Je rencontre tellement d'associations, de groupes sociaux, de journalistes, de critiques, de contestataires… Je les invite à discuter dans mon salon, chaleureux et confortable. Ce sont là deux éléments qui favorisent un bon climat de travail et facilitent les négociations, vous ne croyez pas ?

– Certainement. Monsieur le ministre, étant donné que vous assistiez au spectacle de Raymond Saint-Jean quand celui-ci a été tué, nous aimerions vous poser quelques questions.

– Allez-y.

– Étiez-vous seul, ce soir-là ?

– Cette journée-là, j'étais à Montréal. Je présidais la commission d'étude chargée d'évaluer les conséquences de l'absentéisme dans les hôpitaux. Nous étions censés entendre les témoignages des médecins et des infirmières. Étant donné que peu d'entre eux se sont présentés, car ils sont tous et toutes débordés ou, malheureusement, en congés de maladie causés par des *burn out*, nous avons terminé plus tôt que prévu. J'avais une soirée entièrement libre. Plusieurs personnes m'avaient dit du bien du spectacle de Raymond Saint-Jean. J'ai demandé à mon attaché de presse de tenter d'obtenir des billets et, à ma grande surprise, il a réussi à se procurer de bonnes places, tout près de la scène.

– Monsieur le ministre, Raymond Saint-Jean n'était pas très tendre à votre égard. Est-ce que vous lui en vouliez ?

– Je fais partie des personnages de Raymond Saint-Jean depuis trois ans environ. Au début, j'avoue que je n'étais pas heureux du tout de me faire ridiculiser de la sorte en public. J'ai même songé à le poursuivre en justice. Puis, les conseillers en communication du parti m'ont expliqué que les numéros de Saint-Jean contribuaient à accroître ma popularité.

– Il y a à peine quelques minutes, je vous voyais

diriger une réunion de travail d'une main de fer. Comment un homme énergique comme vous peut-il tolérer que l'on mette en doute ses compétences ? De façon tellement gratuite !

— Il paraîtrait que ce genre d'humour a pour effet de rendre les politiciens plus sympathiques auprès de la population. Selon eux, les gens se disent qu'il est impossible que le ministre de la Santé du Québec soit aussi nul et ridicule que ça. S'il l'était, il n'occuperait pas ce poste. Cela ne remet donc pas vraiment ses compétences en question et ça lui procure une publicité sans qu'il en coûte un sou.

— Vous y croyez, vous, à cette salade des conseillers en communication ?

— Mon chef m'a demandé d'adopter une attitude bienveillante envers les médias. Alors je m'y conforme. Je suis même devenu bon joueur. J'assiste aux spectacles de Saint-Jean afin de connaître les plaisanteries qui circulent à mon sujet. Ça me permet de préparer mes répliques.

— Étiez-vous seul ou accompagné ce soir-là ?

— L'attaché de presse n'avait réussi qu'à obtenir un billet, vous comprenez, c'était à la dernière minute.

— Et que s'est-il passé à l'entracte ?

— Je n'ai rien remarqué d'anormal. Je me suis dirigé vers le bar pour prendre une consommation. En attendant le serveur, je parlais avec quelques spectateurs lorsqu'on nous a appris que Raymond Saint-Jean venait d'être assassiné dans sa loge. Puis on a demandé aux gens qui n'avaient rien vu du meurtre de bien vouloir quitter les lieux. Je suis sorti avec la foule. Si vous effectuez quelques recherches, il ne vous sera pas difficile de trouver des témoins qui confirmeront mes propos.

– Je n'en doute pas, monsieur.

Le ministre démontre subitement quelques signes d'impatience.

– Je m'excuse de vous presser, détective, mais il se fait tard. Avez-vous d'autres questions ?

– Étant donné que vous étiez dans les premières rangées, avez-vous remarqué quelque chose de suspect, soit parmi les gens, soit dans le comportement de Saint-Jean lui-même ?

– Je n'ai rien noté d'anormal, tout s'est déroulé comme dans un spectacle ordinaire. Désolé de ne pouvoir vous aider davantage.

– Avez-vous déjà rencontré Raymond Saint-Jean en privé ?

– Non, jamais. Vous allez devoir m'excuser, mais je dois vous quitter. Sans vouloir me mêler de ce qui ne me regarde pas, vous perdez votre temps en m'interrogeant. Je n'ai absolument rien vu.

Le ministre se lève et se dirige vers la sortie, invitant les détectives à en faire autant. Lajambe secoue Réal.

– Un dernier détail, pourquoi la suite Vert Bouteille est-elle rouge ?

– Lors de la construction, il existait un programme de subventions pour l'intégration des personnes handicapées au milieu du travail. Les propriétaires de l'hôtel y ont eu recours et ont engagé des daltoniens pour peindre. Au revoir, messieurs !

Le ministre referme la porte au nez des détectives.

– C'est ce qui s'appelle se faire foutre dehors, dit Lajambe en se dirigeant vers l'ascenseur.

– Ça y est, s'exclame Réal qui sort de son état comateux. J'ai trouvé à qui ressemble Picotte.

– À qui ?

– À Nestor, le serviteur du capitaine Haddock dans les aventures de Tintin.

– Tiens, c'est intéressant ça, Fripon. Nous voilà sur une bonne piste !

Les détectives récupèrent le véhicule dans le parc de stationnement de l'hôtel et s'engagent sur le boulevard Saint-Cyrille. Lajambe semble perdu dans ses réflexions, tandis que Réal, lui, se demande dans quel album de Tintin, Nestor accomplit une série de prouesses incroyables pour ne pas renverser les verres sur son plateau.

– Arrête-toi ici, Fripon.

– Mais il n'y a pas d'espace pour se garer !

– Mets-toi en double, nous restons dans l'auto.

Réal s'immobilise près d'une lignée de voitures sur la droite.

– Il y a quelque chose qui me turlupine, dit Lajambe. La première fois que le ministre a parlé des billets, il a dit quelque chose comme : mon attaché de presse a réussi à trouver de bonnes places. Plus tard, il a affirmé être allé seul au spectacle. Hum ! Il y a quelque chose de louche là-dessous. Et comment expliquer la présence de toutes ces ficelles dissimulées derrière les berceuses ? Sans compter sa hâte subite à vouloir nous faire quitter les lieux, tu as remarqué ? Pourquoi mettre un terme à notre entretien si rapidement ? J'aimerais bien savoir si cette histoire d'inauguration est vraie ou si ce n'est que du bidon.

– Moi, je ne me souviens pas de rien : ni des billets, ni de l'empressement, ni de l'usine. La seule chose que je retiens, c'est que Picotte vaut 11 points et qu'il est le sosie de Nestor, le serviteur du capitaine Haddock qui en vaut 23. Comme l'homme là-bas.

— Qu'est-ce que tu dis, Fripon ?

— Le type qui vient tout juste de sortir de l'hôtel ressemble à Nestor également, mais il vaut seulement 6 points.

— À Picotte ?

— Oui.

— Merde ! C'est le ministre ?

— Le portrait de Nestor, en tout cas.

— Demi-tour, Fripon ! Suis-le.

— Je vais aller tourner à la prochaine intersection.

— Oublie ça et fais un 180 ici, nous n'avons pas le temps.

— Mais nous serons en sens inverse de la circulation.

— T'occupe pas !

Réal s'exécute et tente de rejoindre Dufferin située à proximité. Pendant ce temps, le ministre se dirige vers l'Hôtel du Gouvernement.

— Merde ! Il va nous échapper, Fripon.

Réal fait de son mieux et se faufile entre les véhicules qui foncent vers eux à toute vitesse. Les automobilistes klaxonnent bruyamment et traitent les deux chauffards de tous les noms. Lajambe baisse sa vitre et répond à chaque invective.

— Mais on s'en fout du sens unique, tordu toi-même… Tu ne vois pas qu'il y a le feu à l'avant, alors on revient tout simplement sur nos pas… Qu'est-ce qu'il a, mon accent français ? Il te dérange ? Paumé, va… Je le sais bien que nous ne sommes pas à Paris, petite tête… Conard toi-même… Ça devrait être interdit de se montrer en public avec une gueule comme la tienne, espèce d'ordure… Et ta sœur, Gros lard, est-ce qu'elle s'y connaît en signalisation ?

Dans la confusion totale, sans provoquer d'accrochage toutefois, Réal atteint l'autoroute Dufferin.

– Ouf ! s'exclame-t-il. Enfin, nous allons circuler dans le sens du trafic.

Arrivé à la porte Saint-Louis, Picotte monte dans une calèche stationnée en bordure de la rue.

– Merde ! Il tente de s'enfuir en se faisant passer pour un touriste ! Rusé, ce mec ! Ne le laissons pas filer.

Le Vieux-Québec fourmille de véhicules garnis de pompons et de clochettes tirés par des chevaux qui, pour quelques dollars, proposent aux visiteurs une tournée des sites historiques. Le commerce est florissant, l'achalandage ne manque pas.

Chemin Saint-Louis, Réal double quelques voitures et, finalement, rejoint la calèche qui avance lentement.

– Place-toi le long du carrosse, je vais lui faire signe de s'arrêter.

Réal se déboîte sur la gauche, accélère légèrement, et se tient à la hauteur du cocher, un vieil homme portant un grand chapeau pour se protéger des rayons du soleil.

– Pardon, monsieur ! Police ! dit Lajambe. Pourriez-vous immobiliser votre véhicule, s'il vous plaît ? Simple vérification.

Le conducteur, qui entend comme il voit, c'est-à-dire très mal, se contente de sourire et d'acquiescer en hochant la tête, sans pour autant freiner la course de son cheval.

– Il ne comprend rien, cet abruti, dit Lajambe. Je vais

le stopper, moi, son bourrin. Plus vite, Fripon !

Réal accélère légèrement de façon à se positionner à la hauteur de la bête.

– Parfait ! Maintiens cette vitesse !

– Mais qu'est-ce que vous faites ? demande Réal, constatant que Lajambe se hisse à l'extérieur.

– Regarde bien, Fripon, comment Roy Rogers arrêtait une diligence dans les plaines du *Far West*.

Lajambe s'assied d'abord sur la portière puis, non sans difficulté, monte sur le toit de l'automobile.

– Hop là ! s'exclame-t-il en sautant sur le cheval.

Surpris, l'animal hennit, se cabre et part à toute épouvante. Adieux les pompons ! Jouez les clochettes ! À califourchon sur la bête, Lajambe tente de freiner sa course effrénée. Le cocher, qui n'est plus en âge de faire du rodéo, se demande quelle grosse mouche a bien pu s'abattre sur son Arthémise. Le passager, lui, les quatre fers en l'air, appelle au secours. Réal suit derrière, le pied sur l'accélérateur.

Les piétons s'enfuient de tous côtés, de peur de se faire blesser. Certains s'étonnent de l'arrivée précoce du Père Noël, d'autres croient que le carnaval d'hiver, qui se déroule habituellement en février, a sans doute été devancé cette année.

Arthémise, le mors aux dents, longe le Couvent des Ursulines. Au Palais de Justice, elle montre des signes évidents de fatigue. Finalement, l'animal met un terme à sa course folle devant le Château Frontenac. Jamais n'aura-t-on assisté à pareille randonnée hippique dans le Vieux-Québec ! Aussitôt la bête immobilisée, Réal se précipite vers Lajambe.

– J'ai réussi… je l'ai fait… crie Lajambe, qui tient fermement les brides.

– Vous n'avez pas de mal ?

– Roy Rogers serait fier de moi !

– Vous n'êtes pas blessé ? demande à nouveau Réal en aidant son confrère à se tirer de sa fâcheuse position.

– Un peu courbaturé, mais ça va. Crois-moi, Fripon, la promenade valait le coup !

Dans la voiture, le conducteur et le passager sont sens dessus dessous.

– Alors, mon brave ! dit Lajambe au cocher qui descend du véhicule en titubant. Refus d'obtempérer, votre compte est bon !

Le vieil homme n'entend rien aux propos de Lajambe, il se précipite vers sa jument couverte de sueur.

– Arthémise ! Mais qu'est-ce qui t'a pris, Arthémise ?

Pendant qu'il la réconforte, un type au teint verdâtre se redresse péniblement dans la calèche. L'individu paraît passablement amoché.

– Merde ! s'exclame Lajambe. Il ressemble bel et bien au ministre Picotte, mais ce n'est pas lui.

– On croirait que c'est Nestor.

– Putain !

– Est-ce que vous vous appelez Nestor ? demande Réal.

– Qui ? Moi ? Mais quel est mon nom, au juste ? Nestor, dites-vous. Je ne sais plus. Attendez que je me souvienne, répond-il en s'essuyant le front d'une main tremblante. J'y suis. Marcel… Enfin, il me semble que c'est Marcel, à moins que…

– Marcel ! Ah bon ! Et vous ne connaissez pas le

Château de Moulinsart, je parie ? Ni le capitaine Haddock ?

– Moulinsart… Haddock… Non, mais le Château Frontenac m'est familier, par contre, j'y suis allé à plusieurs reprises. La vue sur le fleuve Saint-Laurent y est magnifique. Les lits sont confortables et la nourriture y est excellente. Justement, il est là, devant nous.

L'homme descend péniblement de la calèche en se tenant les côtes.

– Ouf ! Quelle randonnée ! C'est ma femme qui m'a conseillé de faire cette promenade. Ça va te reposer, disait-elle. Si je m'attendais à ça, moi ! Est-ce que c'est toujours comme ça ? Pour quelqu'un qui connaît la ville, ça peut aller, quoique ce soit un peu rapide tout de même ; mais pour un touriste qui n'est pas familier avec les lieux, je suis convaincu qu'il ne peut tout voir, c'est impossible.

– Viens, Fripon, nous avons suffisamment perdu de temps. Il nous faut retrouver le ministre.

– Je m'excuse de mon erreur, dit-il à Lajambe, conscient d'avoir retardé l'enquête.

– T'inquiète, Fripon. Les deux mecs se ressemblent comme deux gouttes d'eau. Puis ça nous a procuré un peu d'action. J'aime bien jouer aux cow-boys de temps à autre.

Les détectives remontent dans leur véhicule.

– Messieurs, nous sommes désolés de vous avoir fait perdre quelques minutes, dit Lajambe aux deux individus qui se remettent péniblement de la poursuite. Merci de votre collaboration. Au revoir !

– Je vous en prie !

– Au revoir !

– Ces deux hommes me semblent légèrement agités, dit le passager. Des énergumènes de Montréal, sans aucun doute !

Les détectives reviennent à l'hôtel où ils ont rencontré le ministre. Alors qu'ils entrent dans le stationnement, ils croisent une limousine noire.

– N'est-ce pas l'auto de Picotte ? demande Lajambe au préposé.

– Oui.

– Sans perdre une seconde, Réal fait demi-tour et la prend en chasse.

– Doucement, Fripon. Garde tes distances. Il ne doit pas savoir que nous sommes sur ses traces. Nous le tenons cette fois-ci.

Après quelques détours, le véhicule emprunte le boulevard Charest et se dirige vers le parc industriel de Sainte-Foy, en banlieue de Québec.

Après avoir parcouru quelques kilomètres, l'automobile stoppe devant un édifice de construction récente, une usine de produits de plastique qui arbore banderoles et drapeaux du Québec. Plusieurs hommes à la tête grisonnante portant habit et cravate sont à l'extérieur de l'immeuble ; autour d'eux se masse une cinquantaine d'employés en costume de travail étincelant.

– Voilà notre inauguration ! dit Lajambe.

Réal gare la voiture. À distance, les détectives observent la situation. Picotte sort du véhicule et se dirige vers le groupe. Arborant un large sourire, l'air décontracté, il avance d'un pas hésitant, cherchant des mains à serrer. Mais personne ne le reconnaît.

– Tout un accueil ! commente Lajambe.

Soudainement arrivent une série de limousines noires escortées de policiers en motocyclettes. Les voitures se vident.

– Putain ! s'exclame Lajambe. Le premier ministre et tout son état-major sont sur les lieux.

On se félicite ; fait des discours ; parle de création d'emplois, de l'avenir des jeunes, du libre-échange, du marché commun et de la mondialisation ; coupe une banderole ; immortalise l'événement sur des photos et porte des toasts. Pendant ce temps, Picotte, à l'écart, tient une conversation serrée avec le mur de briques de l'immeuble.

– Un ministre de la Santé qui participe à l'ouverture d'une usine de fabrication de produits, dit Lajambe. Ça ne t'étonne pas. Toi, Fripon ?

– Les bidons de plastique sont très recherchés, vous savez. Puis, aujourd'hui, en médecine, on réalise tellement de choses spectaculaires.

– Moi, je pense que Picotte est venu inaugurer les chrysanthèmes. Pas toi ?

– Ce sont des marguerites dans le parterre, réplique Réal qui, sans être un expert en horticulture, se défend bien de se faire passer un sapin pour une épinette. Moi, je dirais plutôt que Picotte s'intéresse à cette belle petite fleur au cœur tendre que les filles à marier effeuillent en chantant.

– Et tu as bien raison, Fripon. Allez, je l'ai sec, j'ai besoin d'un coup d'arrosoir.

XXXXX

– Si monsieur Picotte ne peut pas nous recevoir immédiatement, dites-lui qu'à notre prochaine rencontre, il serait préférable pour lui qu'il soit accompagné d'un avocat. Bien compris ?

Les propos de Lajambe retentissent dans le hall de l'hôtel. Le détective semble avoir fait mouche.

– Nous montons tout de suite, dit-il avant de reposer le combiné.

Le temps d'éviter un Japonais qui cherchait des aurores boréales et un type de Terre-Neuve qui désirait se faire photographier en compagnie de sa femme devant une affiche de René Lévesque, ils se présentent à la suite Vert Bouteille. Le ministre répond lui-même et les rejoint dans le corridor.

– Qu'est-ce que vous me voulez encore ? J'ai des invités.

– Ce matin, vous ne nous avez pas dit la vérité. Qu'est-ce que vous cachez au juste ?

Le ministre hésite à parler, il fixe Lajambe du regard.

– Vous avez intérêt à révéler tout ce que vous savez.

– Très bien. Mais vous me promettez d'être discret.

– Bien sûr.

– Ce soir-là, à l'Électra, je n'étais pas seul. J'étais accompagné d'une jeune fille. Je ne veux pas de publicité avec cette histoire, vous comprenez ?

– Son nom ?

– Elle disait s'appeler Aimée Latendresse et venir d'Abitibi.

– Majeure ?

– Oui, c'est ce qu'elle prétend.

– Où pouvons-nous la trouver ?

– Les fins de semaine, elle chante dans un groupe de musique country qui se produit dans un club de l'Est de Montréal. En semaine, elle monte à cheval un peu partout dans la ville, sur rendez-vous. Vous voyez ce que je veux dire ?

– Il y a tellement de gonzesses qui pratiquent le sport équestre à Montréal, elle ne sera pas facile à retrouver, la petite. Vous n'auriez pas noté un signe distinctif qui nous permettrait de l'identifier ?

– Elle avait une étoile de shérif tatouée sur le sein gauche et fredonnait continuellement la chanson *Bye Bye mon cowboy*. Est-ce que ça vous donne suffisamment d'indices ?

– Je n'en demandais pas tant, monsieur le ministre.

– Alors, excusez-moi, je dois vous quitter. Je compte sur votre discrétion.

– Comprenons-nous bien, si ce n'est que l'histoire d'une âme esseulée qui cherche un peu de compagnie dans une ville étrangère, vous n'avez rien à craindre de notre part ; par contre, si vous avez trempé dans cette histoire d'assassinat, nous allons revenir, soyez-en certain.

– Je n'ai rien à voir avec le meurtre de Raymond Saint-Jean.

– Je l'espère pour vous. Une dernière question : À quoi servent toutes les ficelles dissimulées derrière les berceuses dans votre suite ?

– Ça, répond le ministre avec fermeté, ça ne regarde que moi.

La vieille école

Malgré son crâne dégarni et ses cheveux poivre et sel, l'humoriste Yvon Duclos ne fait pas ses soixante-neuf ans. De petite taille, les yeux pétillants, il affiche un sourire espiègle qui le rend sympathique au premier regard ou, selon votre humeur, lui donne un air imbécile, pas drôle du tout.

À la fin des années 60 et durant les années 70, Yvon Duclos avait été très populaire au Québec. Dans une certaine mesure, il avait révolutionné l'art du monologue qui, jusque-là, ne faisait l'objet que de courts numéros. Duclos avait changé cette façon de faire. Seul en scène, il proposait des spectacles composés presque uniquement de ses récits, ce qui ne s'était jamais vu auparavant. Il avait créé un personnage simplet qui plaisait au public. L'approche de Duclos fit boule de neige. De l'avis de plusieurs experts en la matière, il avait été la bougie d'allumage d'un bon nombre d'humoristes qui ne demandaient qu'à lui succéder. Et, comme dans bien des domaines, les élèves deviennent parfois meilleurs que les professeurs qui leur ont enseigné. Raymond Saint-Jean faisait partie de ceux qui avaient brillamment pris la suite du maître.

Les années 80 avaient été difficiles pour Duclos. Ses

sources d'inspiration s'étaient taries ou, ce qui est sans doute plus problématique pour un artiste de son envergure, il n'avait plus rien à dire. Et s'il avait encore quelque chose à raconter, le public, lui, ne voulait plus l'entendre, ce qui revient au même. Au lieu de se retirer alors qu'il était au sommet de sa gloire, il avait tenté d'affronter vents et marées. Ses numéros qui, jadis, soulevaient les foules qui hurlaient de rire, ne connaissaient plus qu'un succès mitigé. Les critiques qui l'avaient adulé se montraient désormais plutôt réservées à son endroit. Certains qualifiaient son humour de blagues douteuses et de mauvais goût. Le public a la mémoire courte, il est ingrat. Destin cruel pour un artiste qui avait été si innovateur et avait fait preuve de tant de générosité envers ce même public ! Ses nombreux successeurs, talentueux, avec tant de bonnes idées, le faisaient paraître encore plus vieux, plus dépassé.

Dans la salle d'interrogatoire, Duclos, dont le rire aigu et les gestes saccadés trahissent la grande nervosité, semble bien démuni dans sa petite chemisette rose bonbon, devant les deux inspecteurs.

– C'est gentil de vous être déplacé, dit Lajambe, mais ce n'était vraiment pas nécessaire.

– Crime ! Vu que je passais par ici, je me suis dit : je vais leur sauver un voyage ! Hi! Hi!

Duclos parle comme le personnage niais de ses monologues. Lajambe ne peut s'empêcher de penser : pendant des années, j'ai cru que ce type s'amusait à faire le con, mais, ma foi, il est réellement taré.

Réal, qui avait vu Duclos plusieurs fois à la télévision, est ému de se trouver en présence d'un artiste à la feuille de route aussi prestigieuse. Le jeune inspecteur roule continuellement un crayon entre les doigts, tout en ouvrant et refermant le dossier posé sur la table.

– Monsieur Duclos, vous savez sans aucun doute pourquoi nous désirions vous rencontrer ?

– Crime ! Je me suis dit : s'ils veulent me rencontrer, c'est parce qu'ils veulent me voir. Hi! Hi!

Lajambe marque un temps. Il se demande si Duclos ne se fout pas carrément de sa gueule.

– C'est en rapport avec le meurtre de Raymond Saint-Jean.

– Je n'ai rien à voir dans cette histoire-là, moi, crime !

– Vous connaissiez Raymond Saint-Jean ?

– Bien sûr ! C'est un des artistes les plus populaires au Québec. Qui n'a pas entendu parler de lui ? Crime ! Je l'ai rencontré souvent. C'est moi qui lui ai donné tous les trucs du métier. Hi! Hi!

– Le soir du meurtre, vous êtes rendu dans sa loge ?

– Bien oui ! Elle est mal tombée en crime cette visite-là ! On aurait pu se croiser la veille ! Ou le lendemain ! Mais non, en plein le même soir qu'il se fait tuer, crime ! J'ai pas été chanceux, je me…

– Vous avez rencontré Saint-Jean ?

– Raymond m'avait demandé de passer avant qu'il entre en scène. Les artistes, nous cherchons tout le temps de nouvelles idées. Nous pensons continuellement au prochain spectacle. Parfois, nous préparons des projets à plusieurs. Comme ce soir-là, Raymond voulait me voir pour que nous montions un show ensemble.

– Monsieur Duclos ! Ne vous en déplaise, vous feriez mieux de vous en tenir à la stricte vérité.

– Ne m'en déplaise pas du tout, inspecteur. Je ne dis

pas de menteries, crime !

– Plusieurs personnes ont assisté à votre entretien. Nous savons très bien que Raymond Saint-Jean ne vous a jamais rien proposé. C'est vous qui vouliez vous associer à Saint-Jean.

Les paroles de Lajambe ont l'effet d'une douche froide. Duclos grimace puis baisse la tête. Il ne peut plus jouer la comédie maintenant. Il prend une grande respiration et se redresse sur la chaise.

– Je disais ça juste pour faire une farce, inspecteur. Est-ce qu'il y a encore moyen de rire un peu, crime ?

– Le temps n'est pas à la plaisanterie, monsieur Duclos. Il y a eu une mort d'homme !

– Vous avez ben raison, crime ! Y'a rien de drôle là-dedans.

– Merci. Donc vous avez rendu visite à Saint-Jean avant le spectacle.

– Oui,

– Pourquoi vouliez-vous le voir ?

– Pour lui proposer de monter un show avec lui.

– Que vous a-t-il répondu ?

– Hum ! Sur le coup… ça l'a surpris. Il a pris le temps d'y penser… Mais finalement, il avait trop d'engagements prévus aux dates qui nous intéressaient…

– Monsieur Duclos ! Dites la vérité. Comment Saint-Jean a-t-il réagi ?

– Bon… Il m'a envoyé promener, crime !

– Seulement ça ?

– Peut-être qu'il a ajouté des petites choses… sans importance.

– Comme quoi ?

– Je ne me souviens plus précisément des mots qu'il a employés.

– Faites un petit effort, monsieur Duclos !

– Il m'a dit que j'étais fini, crime ! Maudit polisson ! Selon lui, ma proposition d'association ne visait qu'à tirer profit de sa popularité.

– Que lui avez-vous répondu ?

– Crime ! Qu'est-ce que vous vouliez que je lui dise ?

Duclos baisse la tête, se pince le nez et se frotte les yeux.

– Dans mon temps, il y avait une solidarité entre les artistes, crime ! Lorsqu'il y en avait un qui était mal pris, on tentait de l'épauler, de l'encourager. On lui disait qu'il avait du talent et qu'il traversait simplement une mauvaise passe. Cette solidarité n'existe plus chez les jeunes d'aujourd'hui, crime ! Saint-Jean m'a traité de vieille savate juste bonne à jeter à la poubelle. Il criait comme un malade… toutes les insultes qui lui venaient par la tête. Tout le monde aux alentours entendait. Vous savez, le milieu est petit en crime ! On se connaît tous plus ou moins les uns les autres. Me faire humilier de la sorte, c'était pas drôle pantoute !

– Qu'avez-vous fait ?

– Qu'est-ce que vous vouliez que je fasse ? Crime ! Je suis sorti de la loge. J'étais perdu. C'est vrai que mes affaires ne vont pas tellement bien de ce temps-ci. J'essaie de revenir sur scène, mais… J'ai de la difficulté à trouver de bons numéros. Saint-Jean avait été blessant, il s'en était pris à ma dignité. Il y a des choses qu'on ne dit pas ! Je suis resté dans les coulisses, de l'autre côté de la loge. J'étais désemparé, je voulais me calmer, retrouver mes esprits. Je me suis assis dans un coin, en retrait. Pour passer inaperçu. Les paroles méchantes de Saint-Jean me résonnaient dans la tête. J'ai revu ma carrière et ce qu'elle était devenue. Puis le spectacle a commencé. Saint-Jean était bon. Excellent même, le petit maudit ! Le public riait beaucoup. Je regardais Saint-Jean savourer son succès. J'ai ressenti à nouveau ce que c'était que d'être sur une scène et de se faire applaudir de la sorte. J'en avais des frissons partout, crime ! Puis je me suis demandé s'il ne fallait pas que je prenne ma retraite. Quelque chose en moi a basculé. J'ai senti un manque d'énergie pour affronter les jeunes loups comme Saint-Jean. L'heure du départ avait bel et bien sonné pour moi. La première partie du show prenait fin, j'ai quitté les lieux.

— Avez-vous vu quelqu'un dans les coulisses ?

— Lorsque je suis arrivé, il y avait des techniciens. Je ne saurais dire qui au juste, j'étais trop perturbé. Pendant le spectacle, il y avait la femme de Saint-Jean qui se promenait un peu partout. C'est tout, mais je n'ai pas vraiment porté attention.

— En sortant, avez-vous croisé quelqu'un ?

— Je me suis poussé à toute vitesse, je ne voulais pas que les gens me voient dans cet état. Je n'ai remarqué personne.

— Avez-vous entendu les cris de madame Saint-Jean lorsqu'elle a découvert le corps de son mari ?

— Non, j'avais déjà quitté l'Électra à ce moment-là. Ce n'est que le lendemain en lisant les journaux que j'ai appris sa mort. Je suis resté bête en crime quand j'ai su ça !

— Connaissez-vous Renaud Mirois ?

– Bien oui !

– Depuis longtemps ?

– Depuis ses débuts comme critique.

– Est-ce que vous avez une bonne relation avec lui ?

– Renaud Mirois ne s'entend pas avec personne. Il aurait aimé faire une carrière dans le domaine, mais ça n'a pas fonctionné. Il est jaloux des artistes, crime ! C'est un raté pas sympathique du tout. Malgré le fait qu'il soit détesté, personne ne l'envoie promener, car il a toute une cote d'écoute auprès des spectateurs. Saint-Jean était suffisamment populaire, il n'avait pas à s'en préoccuper outre mesure.

– Mirois aurait-il pu assassiner Saint-Jean ?

– C'est difficile d'imaginer qu'on puisse tuer un individu parce qu'on est jaloux du métier qu'il fait, crime ! J'en connais plusieurs qui se seraient tirés dessus depuis longtemps. Non, si Renaud Mirois s'en est pris à Raymond Saint-Jean, c'est pour une autre raison. Ils se sont côtoyés depuis toujours, ces deux-là. Comme dirait ma tante Irène : ils sont de la même farine. Mais je ne sais rien… je parle à travers mon chapeau, pis j'en porte pas un, crime !

Lajambe fixe son interlocuteur. Que penser du comportement de Duclos ? se demande-t-il. Est-il vraiment aussi simple d'esprit qu'il en a l'air ? C'est un artiste après tout, il peut très bien jouer la comédie.

– C'est pas que je m'ennuie, crime, mais si vous n'avez pas d'autres questions à me poser…

– Ce sera tout pour l'instant, monsieur Duclos.

Avant que celui-ci ne se lève, Réal intervient.

– Moi, j'ai quelque chose à vous demander, dit-il en présentant une feuille blanche et un crayon à Duclos. Est-ce que vous pourriez me donner un autographe ?

— Certainement. Ça me fait plaisir.

Quelle joie pour un artiste de se faire accoster par un admirateur au beau milieu de la grisaille quotidienne ! Duclos retrouve ses yeux pétillants et, d'une main ferme, pose sa griffe et remet le précieux document à Réal.

— J'espère que je ne t'ai pas signé un chèque-là, crime ! De toute façon, y'a pu une cenne dans mon compte ! dit-il, en riant comme un idiot.

— Merci beaucoup.

Puis, se levant, Duclos ajoute :

— Si vous avez besoin d'autre chose comme on dit dans les vues de bandits, je demeure à votre disposition.

— Merci de votre collaboration.

Duclos quitte la salle.

— Ma femme va être contente en crime d'avoir un autographe d'Yvon Duclos. C'est notre comique préféré !

Lajambe réfléchit.

— Duclos… un comédien ? murmure-t-il.

Puis, haussant le ton, le détective ajoute :

— En tout cas, comme tête de con, il en tient une sévère celui-là.

XXXXX

— C'est pour vous, dit Réal en tendant le combiné à son collègue.

— Inspecteur Lajambe, je vous écoute.

— Bonjour, inspecteur ! Mon nom est Diane Côté, je vous appelle au sujet de Monique Beaurivage.

— Qu'est-ce que je puis faire pour vous ?

— Vous avez interrogé Monique Beaurivage concernant le meurtre de Raymond Saint-Jean, c'est elle-même qui me l'a appris.

— Oui, c'est exact.

— C'est ce dont je veux vous parler. Mais vous devez me promettre de ne pas répéter à personne ce que je vais vous révéler.

— Ne soyez pas inquiète, madame Côté, notre conversation demeurera confidentielle.

— Vous comprenez, Monique, c'est plus qu'une collègue, c'est une amie.

— Très bien.

— Le soir du meurtre, j'ai bel et bien assisté au spectacle de Raymond Saint-Jean en compagnie de Monique. Cependant, à l'entracte, je n'étais pas avec elle, contrairement à ce qu'elle vous a dit. Dès la fin de la première partie, Monique s'est levée précipitamment en prétextant qu'elle devait aller aux toilettes tout de suite.

— Est-ce que vous l'avez vue quitter la salle ?

— Elle est sortie de la rangée et s'est dirigée vers l'arrière. Les gens l'ont imitée et je l'ai perdue dans la foule.

— Quand est-elle revenue ?

— Peu de temps par la suite, nous avons entendu la femme qui hurlait, puis on a annoncé que Raymond Saint-Jean venait de se faire tuer et que nous devions vider les lieux. J'ai retrouvé Monique dehors, elle m'attendait.

— Combien de minutes se sont écoulées entre la fin de la première partie du spectacle et les cris ?

– Euh ! Moins de dix minutes.

– Beaucoup moins ?

– Sept ou huit.

– Selon vous, pourquoi madame Beaurivage veut-elle que vous fassiez un faux témoignage ?

– Je ne sais pas. Monique m'a prévenue qu'elle vous avait menti et m'a demandé de ne pas contredire sa version des faits. Elle tient mordicus à ce que je confirme qu'elle ne m'a pas quittée une seconde. Moi, je n'ai rien à cacher. Qu'est-ce que je peux faire ? Monique est ma meilleure amie.

– Vous avez bien fait de m'appeler, madame Côté. Dans de telles situations, il est toujours préférable de dire la vérité.

– Est-ce que Monique apprendra ce que je viens de vous révéler ?

– N'ayez aucune crainte.

XXXXX

Le restaurant Le Paris, rue Sainte-Catherine Ouest, fait partie de la tradition culinaire montréalaise. Depuis plus de trente-cinq ans, de père en fils, les propriétaires font honneur à la cuisine française, au grand plaisir des fins palais.

De forme rectangulaire, la salle à manger n'est pas très grande. À l'entrée, une charmante jeune fille vous reçoit avec un sourire radieux qui vous donne l'impression que votre visite de la journée précédente remonte à trop loin déjà. À proximité, sur une petite table, un immense bouquet embaume l'air de ses doux parfums, stimulant votre odorat engourdi par le monoxyde de carbone de la rue. La décoration intérieure, plutôt sobre, surprend. Ici et là, des reproductions illustrent des quartiers de Paris. De longs rideaux épais cachent les grandes fenêtres de la façade, vous mettant ainsi à l'abri des regards indiscrets des passants. Adossées aux murs, des banquettes et, complètement au fond, la cuisine et les services communs, précédés aux deux tiers de la salle d'une demi-division sur laquelle on a disposé des aménagements floraux, créant ainsi des espaces fermés, alcôves propices aux repas d'amoureux. Un éclairage tamisé chaleureux enveloppe les gourmets.

L'atmosphère décontractée favorise la détente et les mots doux. Bien entendu, la bouffe est à l'honneur.

— Depuis le temps que je veux me taper une brandade de morue ! dit l'un en consultant le menu.

— Moi, je vais me farcir un ris de veau, réplique l'autre.

Un peu plus loin, pépé brandit sa canne en proclamant :

— Rien ne vaut la baguette française !

Il n'est pas rare de voir un client, dans la panade jusqu'aux oreilles, se présenter à la cuisine avec son assiette vide et prétendre effrontément qu'on lui a servi une portion plus petite qu'à l'ordinaire. Cette façon subtile de rendre hommage aux talents culinaires du chef est plus ou moins appréciée de celui-ci, car il ne tolère personne autour de ses chaudrons.

Une fois installé à votre table, le propriétaire vient vous saluer avec un sourire aimable ; de toute évidence, vous lui avez manqué.

— Bonsoir monsieur Machin !

Puis, il s'intéresse à votre personne ; en hiver, il

demande :

— Comment vont vos vieux os par ce froid de canard ?

Alors qu'en été, il opte pour une formule rafraîchissante du genre :

— Ah ! cette chaleur ! Mais cela doit être bon pour votre vilaine peau !

Puis, après vous avoir fait quelques suggestions concernant le menu du jour, il vous quitte sur ces paroles :

— La serveuse vous amène un apéro et je reviens pour votre commande.

Ce soir-là, lorsque le propriétaire invite les deux inspecteurs à prendre un verre, Lajambe ajoute :

— Nous ne sommes pas pressés, nous attendons madame Claude.

Malgré toutes ses années de métier, où il en a vu de toutes les couleurs, l'homme ne parvient pas à dissimuler un léger rictus.

— Bien sûr ! réplique-t-il simplement.

Une serveuse au visage bienveillant s'approche à pas feutrés.

— Bonsoir messieurs ! Qu'est-ce que vous allez prendre ?

Lajambe commande un Ricard tandis que Réal opte pour de l'eau, au désarroi de son compagnon.

— Tu bois trop de flotte, Fripon, ça va te faire rouiller les tuyaux.

Tout en attendant leurs consommations, Réal demande :

— C'est qui, madame Claude ?

— Dans toutes les villes du monde, il y a des madames

Claude, Fripon. Tu ne sais pas ce que ça veut dire ?

La question embarrasse Réal, il réfléchit un certain temps avant de donner une réponse.

– À Sudbury, je n'ai jamais rencontré de madame Claude, dit-il enfin.

– Il y en avait sûrement, c'est que tu l'ignorais. Bien que… Les Rosbifs sont surprenants parfois ! Mais ils doivent se comporter comme les Fransquillons, ils sont plus cachottiers, c'est tout.

Réal ne comprend rien à cette discussion à mots couverts.

– Vous la connaissez depuis longtemps ? demande-t-il.

– Nous avons émigré ensemble au Québec dans les années 60.

– Vous étiez mariés ?

– Non, nous nous sommes rencontrés sur le bateau qui nous a emmenés au Canada. Entre toi et moi, Fripon, si j'avais eu à choisir une épouse, ça aurait été avec elle. C'était mon genre de femme. À notre arrivée, nous étions paumés tous les deux. J'ai postulé pour devenir policier, ils m'ont accepté, ces cons-là. Claude, elle, a décidé de faire le trottoir. L'accent français, à l'époque, c'était exotique. La clientèle était nombreuse. Et avec les noix qu'elle avait, Claude n'était pas à la veille de manquer de beurre pour étaler sur ses biscottes. Nous nous sommes laissés, mais nous nous revoyons de temps à autre.

– Qu'est-ce qu'elle fait au juste, madame Claude ? demande Réal qui ne comprend toujours pas ce que Lajambe raconte.

– Elle n'a pas changé de métier, elle se nourrit au pain de fesses. Mais son entreprise a prospéré ; elle dirige plusieurs employées, des filles bien. Elle a des entrées dans les ministères, les consulats, partout. Une grosse organisation ! Elle mérite bien son succès, car elle a bossé dur. Elle en a écrémé des types !

— Elle est partie de rien et travaille dans les ambassades aujourd'hui ! s'étonne Réal. J'ai lu dans un livre que les individus qui réussissent dans la vie sont ceux qui restent honnêtes, envers eux-mêmes et les autres.

— Le professionnalisme, Claude, elle connaît bien. Quand elle éponge un mec, elle ne le lâche pas avant qu'il n'ait les doigts de pieds en éventail. Crois-moi, j'en sais quelque chose.

Perdu dans ses souvenirs, Lajambe respire profondément tout en s'appuyant contre le dossier de sa chaise. Soudain, de petites mains délicates, colorées de rouge vif, entourent langoureusement sa tête et lui couvrent les yeux.

— Comment va mon gros Loulou ? demande une voix suave qui n'est pas née de la dernière pluie.

— Claude ! s'exclame Lajambe en se levant pour embrasser la nouvelle venue.

Dans la cinquantaine avancée, bien conservée, la dame dégage l'assurance d'une directrice d'agence de voyages. De taille moyenne, élégamment vêtue d'une robe légère bleu ardoise, ponctuée d'un foulard de même couleur que ses ongles flamboyants, son sac et ses souliers à talons hauts, elle se déplace avec grâce et souplesse. Cheveux châtains en chignon, visage rieur, son maquillage rehausse ses traits fins.

— Et voilà le petit Fripon dont tu m'as parlé au téléphone, dit-elle en se tournant vers Réal.

Rouge écarlate, le jeune inspecteur se lève.

– Madame ! est le seul mot que Réal a le temps de prononcer.

Il se fait aussitôt clouer le bec par un baiser passionné qui en dit long sur les habiletés de madame Claude. Réal en reste sidéré.

– Que devient mon gros Loulou ? demande-t-elle en s'asseyant sur la chaise que lui tire Lajambe.

– Pas grand-chose. Tu sais, dans un poste de police, c'est toujours du pareil au même.

– Tu aurais dû te trouver une nana au lieu de te marier aux flics. Il n'y a que des abrutis dans ton milieu. Ils m'ont encore épinglé trois filles ? Plus moyen de travailler paisiblement. Qu'est-ce qu'ils peuvent être emmerdants tes potes quand ils s'y mettent !

– Que veux-tu ? Les gars s'ennuient seuls dans leurs bureaux, ils ont besoin de distraction.

Lajambe se tourne vers Réal, resté debout, les yeux ronds, cloué sur place depuis le bécot passionné de madame Claude.

– Mais, Fripon, qu'est-ce que tu fabriques ? Assieds-toi !

– Il n'est pas bien ? demande madame Claude.

– Si, si… dis à la dame que tu es bien, Fripon.

– Je suis bien.

– Il est timide, dit madame Claude.

– Et très sensible, ajoute Lajambe. C'est un artiste et un spécialiste des communications. En plus, il chante… il a tous les talents.

– Mon genre de mec ! dit madame Claude en lui

pinçant la joue. Si mignon !

Réal se contente de sourire puis, maladroitement, trempe ses doigts dans le verre d'eau et se mouille les oreilles.

– Excusez-moi. J'ai chaud !

Madame Claude lui envoie un baiser du bout des doigts, puis se tourne vers la serveuse qui lui demande si elle prend un apéro.

– Un kir, dit-elle.

– Ricard, ajoute Lajambe.

En attendant les commandes, Lajambe se fait indiscret.

– Mais toi, Claude, que fais-tu maintenant ? Tu n'es plus d'âge à tapiner, tout de même.

– Qu'est-ce que tu crois ? J'ai toujours mes réguliers !

– Cloclo !

– Que veux-tu que je fasse d'autre ? Je dois m'occuper. Le métier demande plus d'organisation qu'avant. Nous ne faisons plus le trottoir. Tout se passe par téléphone. Je prends les appels et les filles livrent la marchandise à domicile.

– Les temps ont bien changé.

– Oh oui ! Aujourd'hui, avec toutes les maladies qui courent, il y a de plus en plus de clients qui nous font jouer de la mandoline pendant qu'eux se collent un rassis. On n'a plus les mecs qu'on avait !

– Tandis que nous y sommes, as-tu réussi à obtenir les renseignements que je t'ai demandés ?

– Bien sûr, mon Loulou. Lorsque tu as besoin d'information sur le milieu, tu peux toujours compter sur moi.

– Aimée Latendresse existe-t-elle vraiment ?

– En chair et en os, je l'ai rencontrée. Et c'est de la qualité, crois-moi. Je l'ai embauchée. Les clients ne m'ont fait que des éloges à son sujet. Je ne savais pas que le style country était si populaire.

– A-t-elle une étoile tatouée sur le sein gauche ?

– Oui, j'ai vérifié moi-même. La petite Aimée m'a parlé longuement du western. Il paraît que cette musique est un puissant aphrodisiaque pour certains. Je songe même à convertir quelques filles en cow-girls.

– Se souvient-elle de Picotte ?

– Eh comment ! Avoir un ministre comme client, c'est prendre du galon, de quoi garnir son tableau de chasse.

– Qu'est-ce qu'elle t'a dit ?

– Que Picotte est bougrement cinglé, du genre qu'on n'oublie pas !

– Qu'est-ce qu'il faisait, ce tordu ?

– Son numéro préféré : dans une chambre d'hôtel, à poil, il court partout en imitant le mugissement d'un taureau sauvage ; Aimée, elle, doit l'attraper au lasso. Ça dure comme ça pendant des heures. Lorsqu'elle réussit à l'immobiliser, elle doit le ficeler, puis faire un strip-tease tout en gardant ses pistolets. Tu avoueras tout de même que c'est du boulot tout ça. Et il a le culot de se plaindre du tarif, cet enfoiré ! On n'a plus les ministres qu'on avait, je te jure !

– Il aime faire le taureau sauvage, je comprends maintenant pourquoi tout est rouge dans la suite Vert Bouteille. Et les ficelles par terre… tout s'explique.

La serveuse s'approche de la table et distribue les consommations. Après avoir trinqué à leurs retrouvailles, Lajambe poursuit :

– Est-ce que la petite Aimée t'a parlé de la soirée du crime ?

– Elle est effectivement allée au spectacle de Raymond Saint-Jean avec un groupe d'individus dont faisait partie le ministre Picotte. Tout le temps qu'ils étaient à l'Électra, elle jure qu'elle ne l'a pas quitté une seconde, elle était dans son entourage.

– Est-ce qu'elle t'a appris autre chose sur Picotte ?

– Lorsqu'ils ont annoncé que Saint-Jean venait de se faire assassiner, Picotte est devenu très nerveux. Il voulait se tirer rapidement, sans attirer l'attention. Cette histoire l'a passablement perturbé, selon Aimée.

– Pourquoi ?

– Ce soir-là, le taureau sauvage s'est laissé attraper tout de suite et elle n'a même pas eu à le ficeler. Aimée est une brave fille, elle lui a accordé une réduction sans qu'il la demande.

– Monsieur le ministre tenait vraiment à ce que l'on ne sache pas qu'il était en compagnie de la charmante Aimée à l'Électra.

– Est-ce que nous commandons ? Ça me creuse l'appétit toutes ces histoires.

– Certainement.

Réal, qui retrouve graduellement une couleur de peau normale, tente habilement d'amorcer une discussion avec madame Claude en consultant le menu.

– Monsieur Lajambe m'a dit que vous aimiez le pain de fesses, dit-il.

– Non, mais… qu'est-ce que tu lui as raconté à Fripon, Loulou ?

– N'écoute pas, ce ne sont que des conneries !

S'ensuit un copieux repas, arrosé de quelques grands crus. Fidèle à ses habitudes, Réal s'en tient au château-la-Pompe.

Pour clore ce festin de roi, le propriétaire offre une liqueur de framboise, qui porte le nom de « Framboisine », une boisson mise au point par son père. Madame Claude et Lajambe goûtent à l'élixir en rendant hommage aux talents de l'inventeur.

Lorsque Réal prend congé du couple, ses amis ont pris le café, le pousse-café, la rincette, le pousse-rincette et, en attendant qu'on leur serve la surrincette, Lajambe s'informe si on ne pourrait pas leur faire entendre de la musique country.

Le lendemain de la veille

– Ce que je me suis envoyé comme giclée sur le lampion hier soir, Fripon ! dit Lajambe en s'asseyant à son bureau.

Réal pose le livre intitulé *Méthodes et procédures* sur la table et s'approche de son confrère qui, contrairement à ses habitudes, entre au travail avec plus de deux heures de retard.

– Vous ne remarquez rien ? demande Réal.

Devant le mutisme de Lajambe, Réal lui montre sur le mur une affiche de Roy Rogers parcourant à cheval les plaines du Far West.

– J'ai pensé que ça vous ferait plaisir, dit Réal.

– C'est gentil, Fripon. J'apprécie…

Puis, se rappelant la veille, Lajambe fredonne à voix basse :

– Ô my darling Clémentine !

– Elle est bien, madame Claude.

– C'est une grande dame, réplique Lajambe en se tenant la tête à deux mains.

Lajambe n'est visiblement pas dans son assiette. Il se frotte le visage et les yeux.

– La Framboisine alors… Que j'ai mal aux cheveux !

– Avez-vous dormi un peu ?

– Lorsqu'on prend son lit en marche, Fripon, on n'est jamais vraiment certain d'avoir fermé l'oeil.

– Vous avez quoi ?

– Il se barre toujours, ce plumard !

Ne comprenant rien au propos de son collègue, Réal retourne à son livre.

– Aujourd'hui, dit Lajambe, s'il y a un conard qui me bave sur les noix, il va y goûter. Qu'est-ce que tu as fait ce matin Fripon ?

– Je suis allé à Radio-Canada chercher des enregistrements d'émissions où apparaît Renaud Mirois.

– Tu as trouvé quelque chose ? Souvent, ils ne veulent rien nous donner, ces tordus.

– Ils m'ont prêté tout ce que j'ai demandé. Ils étaient très gentils. Particulièrement le type à la documentation, il était très drôle ; il portait un maillot serré, un tutu et il s'était peint un cœur rose sur la joue. Pourtant, ce n'est pas le temps de l'Halloween !

– Quand un gars tient de la quenouille, Fripon, c'est la fête tous les jours. Et il y en a plusieurs de ce genre à Radio-Canada.

– Qu'est-ce que vous voulez dire ?

– Rien de sérieux. Il ne t'est rien arrivé de malheureux au moins ?

– Tout s'est bien déroulé. Nous pouvons visionner les émissions, si vous le désirez.

– Bonne idée ! Dans l'état où je suis, regarder la télé, c'est tout ce que je peux faire.

En route vers la salle audiovisuelle, les détectives

passent devant un distributeur de café.

— Est-ce que tu sais te servir de ce truc ? demande Lajambe.

— Certainement. Vous en voulez un ?

— C'est de la lavasse, une saloperie, mais je vais en prendre un, bien noir, ça risque de me ramener dans le monde des vivants.

Réal insère une pièce de monnaie dans l'appareil et appuie sur un bouton.

— C'est très simple le fonctionnement de ces machines, dit Réal en regardant le liquide tomber dans le verre.

— Une fois, j'ai tenté le coup et j'en ai foutu partout. Je ne suis pas prêt de recommencer.

Réal présente le café à Lajambe qui le saisit du bout des doigts et le porte à ses lèvres.

— Beurk ! s'exclame-t-il en grimaçant. Faut avoir l'estomac solide pour avaler pareil jus de chaussette.

Réal ne peut s'empêcher de rire du dédain de Lajambe.

— Pour réveiller un mort, dit Lajambe, ça prend les grands moyens.

Dans l'ascenseur, les détectives croisent le sergent Letarte. Lajambe esquisse une moue.

— Je voulais justement vous voir, messieurs. Comment va l'enquête sur l'assassinat de Raymond Saint-Jean ?

— Bien, dit Lajambe.

— Parfait ! Merci de cette précision. Je m'excuse d'abuser ainsi de votre temps, mais…

— De quoi s'agit-il ?

— J'ai rencontré les journalistes, comme vous me l'aviez suggéré. Je n'ai pas eu l'occasion de les interroger sur ce qu'était la désinformation. Avant que je dise quoi que ce soit, ils m'ont accusé de brutalité policière et ont quitté les lieux. Qu'est-ce que je fais maintenant ?

– Téléphonez-leur et demandez-leur ce qu'ils ont ?

– Très bonne idée, je vais y voir. Excusez-moi de mettre un terme à notre entretien qui nous fut réciproquement fort utile, mais je descends ici, au rez-de-chaussée. Merci de votre collaboration, messieurs.

– Et tenez-nous au courant, sergent !

La porte d'ascenseur se referme.

– Ce qu'il y a de bien avec Letarte, c'est que nous pouvons toujours répéter pratiquement la même conversation. Des matins comme aujourd'hui, où il est difficile de braver la tempête, on ne devrait discuter qu'avec ce genre d'individu, ce serait bien.

– Comment se fait-il que les journalistes évoquent la brutalité policière ?

– Ce con de Letarte ! Je présume qu'il les a accueillis en leur serrant la main. Tu te souviens de sa pince de crabe ? Il a écrabouillé les menottes de ces scribes qui passent leur temps à pousser des crayons et à appuyer sur des claviers d'ordinateurs ! Encore chanceux que Letarte s'en tire sans accusation de torture ! Habituellement, lorsque les journalistes peuvent nous tomber dessus à bras raccourcis, ils ne loupent pas le coup !

Dans la salle audiovisuelle, Réal allume les appareils tandis que Lajambe s'assied sur un fauteuil, pose son café par terre et s'enfonce la tête dans les mains en se massant la nuque et les tempes.

– Madame Claude vous a-t-elle révélé de nouveaux détails concernant Picotte ?

– Non. Tu en sais autant que moi sur le taureau

sauvage.

– Aimée Latendresse confirme l'emploi du temps de Picotte au moment du crime.

– Le ministre présente un bon alibi.

– Cependant… Il y a quelque chose qui ne va pas dans cette histoire.

– Quoi ?

– La crédibilité du témoin, affirme Réal d'un ton qui montre qu'il a longuement réfléchi à la question. Si j'ai bien compris les propos de madame Claude, Aimée Latendresse semble être le genre de femme qui peut fournir n'importe quel service pour quelques dollars.

– Bravo, Fripon ! Je reconnais ton talent de fin limier, celui qui doute de tout, qui ne saute pas trop rapidement aux conclusions. Encore une fois, bravo !

– Merci. Et vous, que retenez-vous de l'histoire de Picotte ?

– Ce que je pense… dit Lajambe en se frottant la tête. Dès que je réfléchis, ça me donne mal au crâne. Oh là là ! Bien sûr que la belle Aimée est le genre de nana qui se balade avec un baise-en-ville en guise de sac à main. Et Picotte est un cinglé. C'est tout ce que je puis dire pour le moment.

– Êtes-vous prêt ?

– Oui, mais ne mets pas le volume trop fort, s'il te plaît.

– J'ai sélectionné deux types d'émissions auxquelles Renaud Mirois participait régulièrement, dit Réal en éteignant les lumières à l'aide du contrôle à distance.

Sans plus d'explication, Réal actionne le magnétoscope. À l'écran, une jolie animatrice aux cheveux auburn et au large sourire à dents blanches immaculées dit que le temps de la chronique de spectacles est maintenant venu. La caméra s'éloigne du sujet, découvrant le maître en question, Renaud Mirois. Autour d'eux, un décor estival : patio, chaises de jardin et piscine pouvant recevoir les ébats d'un poisson rouge. Contrairement à la présentatrice habillée plutôt sobrement, l'invité porte une tenue fort excentrique : chapeau mou à la m'as-tu-vu, grand foulard à la ce-n'est-pas-tout et complet-cravate à la admire-moi-encore. En fait, son accoutrement est une synthèse des styles Humphrey Bogart, Isadora Duncan et Liberace. Originaire de Québec, Mirois avait dû s'inspirer des costumes surréalistes de madame Belley, dame très colorée qui fit sa marque dans la vieille capitale au cours des années 60 et 70. Madame Belley proposa même ses créations vestimentaires à Salvador Dali, le célèbre peintre catalan, connu dans le monde entier pour ses montres, sans doute achetées au rabais, qui se déformaient au soleil, ce qui est très embêtant lorsqu'un passant vous demande l'heure sur la rue.

— Mais c'est notre ami Mirois ! s'exclame Lajambe. Regarde comment il est attifé… On croirait une mariée de village !

— Que nous suggérez-vous, Renaud ? s'enquit la jolie animatrice.

— Cette semaine, Pascale, je suis allé voir trois spectacles. Je vous le dis tout de suite, dans les trois cas, je me suis royalement ennuyé, je serais resté chez moi.

— Mais, Renaud ! Qu'est-ce que vous me racontez là ?

— Au Club Soda, j'ai assisté au premier show de « Mon Oeil », un groupe de musiciens en herbe. Pascale, je n'avais jamais été confronté à tant de platitudes, j'en étais renversé. Aucune imagination…

– Mais voyons…

– Prestation dépassée, déjà entendue, arrangements pourris, une mauvaise imitation du rock des années 70.

– Vous exagérez, Renaud !

– Leur présence scénique : ils sont mous, ils ne bougent pas, on croirait qu'ils ne savent pas que c'est eux qui doivent donner le spectacle.

– Mais ce sont des jeunes qui commencent…

– Les paroles des chansons : insignifiantes, niaiseuses, insipides, sans contenu, aucun message. Le chanteur, un grand efflanqué, pense davantage à son jeans déchiré au genou qu'à ce qu'il dit. Il déblatère toujours la même histoire : sa blonde l'a quitté, il est malheureux, il se demande s'il doit vivre ou mourir. Tant qu'à raconter des histoires éculées comme celles-là, il serait préférable qu'ils se taisent. Vous m'entendez, « Mon Oeil » ! Liquidez-vous !

– Renaud !

– Au Spectrum, j'ai assisté au *One-man-show* de Paul Corbusier. Ça aussi, c'est nul. Difficile de faire pire…

– Je ne suis pas d'accord…

Lajambe fait signe à Réal de fermer le volume.

– J'en ai assez, dit-il. Ils vont nous rendre dingues, ces deux abrutis.

– J'ai d'autres cassettes. Mirois participait également à une émission de télévision intitulée « Cipaille ». Ce sont six critiques qui commentent l'actualité culturelle : spectacles, films, expositions…

– Laisse tomber, Fripon, dit Lajambe en avalant une

gorgée de café. Je suis incapable de supporter qu'un type de la trempe de Mirois, aussi expérimenté, puisse s'en prendre à des mômes comme on vient de le voir. C'est trop facile, j'ai horreur de ça.

XXXXX

Le séjour en prison n'a pas amadoué Renaud Mirois. Traits tirés, il se montre insolent et peu coopératif.

– Si vous faisiez votre travail comme il le faut, je ne serais plus ici, lance-t-il à Lajambe et à Réal dans la salle d'interrogatoire. Je suis innocent, c'est Yvon Duclos le coupable. Qu'est-ce que vous attendez pour l'arrêter ? Moi, je n'ai rien à dire. Je ne veux même pas vous parler.

Coudes appuyés sur la table, Lajambe se tient la tête à deux mains. Décidément, son mal de bloc l'incommode. Lorsqu'il ferme les yeux, il voit une grosse framboise, transformée en battant, qui donne contre son cerveau. Bang ! Et elle revient. Bang ! Ah la « Framboisine » ! Les propos désagréables de Renaud n'arrangent pas les choses.

Lajambe prend une gorgée de café et esquisse une grimace.

– Si vous êtes innocent, vous n'avez rien à craindre de notre part, dit-il en reposant son verre sur la table.

– C'est ce que dit mon avocat. Mais moi, j'ai horreur de la police. Je ne sais pas ce qui vous est arrivé, mais, visiblement, vous êtes mal en point et, de plus, vous perdez votre temps à interroger quelqu'un qui n'a commis aucun crime. Selon moi, vous êtes très bien payés et ne foutez rien. Vous êtes chanceux de pratiquer un métier où l'on peut se la couler douce comme vous le faites.

La framboise percute violemment contre le cerveau de Lajambe. Bang ! Et bang !

— Je me fiche éperdument de ce qu'un con comme vous peut penser de la police. Lorsqu'il y a du grabuge quelque part, les grandes gueules de votre espèce restent pénards dans leurs pantoufles et ce sont les premiers à appeler les flics pour qu'on vienne à leur secours.

— Vous voulez une médaille ?

Bang ! Bang ! Bang ! Bang ! Lajambe se pince les lèvres. Qu'est-ce que j'ai fait au Bon Dieu pour me retrouver avec un pareil merdeux sur les bras ? se demande-t-il. Un jour, tu me le paieras, mon salaud.

— S'il vous plaît, épargnez-nous vos sarcasmes. Dites-nous plutôt ce qui est arrivé le soir du crime.

— Ouvrez bien vos grandes oreilles, messieurs les détectives à la gomme, je ne me répéterai pas cent fois. À la fin de la première partie du spectacle de Saint-Jean, je me suis rendu dans sa loge.

— Dès que le rideau est tombé ?

— Non. J'ai attendu quelques minutes.

— Combien ?

— Est-ce que je sais, moi ? Quatre ou cinq. Un peu plus, peut-être. Les gens se levaient et se dirigeaient vers l'arrière de la salle. Je me suis avancé vers la scène. Yvon Duclos quittait les lieux. Je suis passé au même endroit. Si vous êtes allés à l'Électra, comme vous êtes censés l'avoir fait, je l'espère…

Bang ! Lajambe ne réplique pas. Avant de le faire cuire à petit feu, se promet-il, je vais le pocher à l'eau bouillante.

— Vous avez dû remarquer, à droite de la scène, un petit escalier qui permet d'accéder aux coulisses. La loge se trouve de l'autre côté, je me suis dirigé vers celle-ci.

— Combien de temps avez-vous pris pour atteindre cette pièce ?

— Je l'ignore, réplique Mirois, exacerbé par les questions du détective. Je ne me promène pas avec un chronomètre sur moi !

— Combien de minutes ?

— Trois ou quatre minutes environ. Une chose est sûre : j'ai vu Yvon Duclos sortir des coulisses juste avant d'y entrer.

— Ça, nous le savons, vous nous l'avez déjà dit.

— Qu'est-ce que je fais ici alors ? De toute évidence, c'est lui le meurtrier. Qu'attendez-vous pour l'arrêter ? Vous ne faites pas votre travail !

Bang ! Bang ! Lajambe dévisage froidement son interlocuteur, comme s'il regardait une carcasse de morue séchant au soleil.

— Poursuivez votre récit, s'il vous plaît.

— Je me suis rendu à la loge.

— À l'exception de Duclos, vous n'avez croisé personne ?

— Personne.

— La femme de Saint-Jean n'était pas là ?

— Non. Lorsque je suis entré, Saint-Jean était assis à la table de maquillage, la tête penchée vers l'avant. En le voyant ainsi, j'ai pensé qu'il se reposait, qu'il se détendait pour entreprendre la deuxième partie du spectacle. Je l'ai interpellé, il ne bougeait pas. Je me suis douté qu'il y avait quelque chose qui n'allait pas. Je me suis avancé vers lui. Mon pied a heurté un objet. Je l'ai ramassé. C'était un revolver. Je ne comprenais vraiment plus rien. Et il ne répondait toujours pas. Je l'ai touché à l'épaule. Il est tombé sur la table de maquillage. Tout le côté gauche de sa poitrine était ensanglanté. Au même instant, Sylvie, sa femme, est entrée dans la loge. Elle a crié au meurtre. Voilà, c'est comme ça que tout s'est déroulé. La seule personne qui ait pu tuer Raymond Saint-Jean, c'est Yvon Duclos.

— Il paraît que vous ne vous entendiez pas très bien avec la victime.

La remarque de Lajambe surprend Mirois qui accuse le coup en haussant les épaules.

— Le fait que je n'entretenais pas de bonnes relations avec Saint-Jean n'a rien à voir avec les événements qui sont survenus le soir du crime.

— C'est ce que vous dites. Mais cela n'allait pas entre vous ?

— Écoutez… Saint-Jean et moi, nous nous connaissions depuis longtemps. Nous avions grandi ensemble. Au début de notre carrière artistique, nous nous aidions l'un et l'autre. Tout se passait bien, jusqu'au jour où Saint-Jean m'a traité de voleur. Imaginez ! Nous développions des numéros conjointement et, une fois le travail terminé, il prétendait que tout lui appartenait.

— Vous lui en vouliez ?

— Tout ça, c'est une vieille histoire.

— Certes, mais vous êtes resté sur vos positions pendant des années. Certains affirment que vous étiez jaloux du succès de Saint-Jean.

— Et qu'est-ce que ça prouve ?

— Que vous aviez des comptes à régler avec lui !

Pourquoi désiriez-vous lui parler, ce soir-là ?

– Cela vous sera difficile à croire, mais je voulais justement le rencontrer pour que nous puissions mettre un terme à nos disputes.

– Ce n'est effectivement pas facile à gober votre version, après tant d'années de mésentente.

– Un critique à sensation comme je le suis subit le même sort que les grandes vedettes. Bien que je côtoie beaucoup de gens, je suis seul, je n'ai pas d'ami. Les artistes, de même que tous ceux et celles que je croise dans la rue, me détestent ou m'adulent. Je ne peux pas avoir un échange… Comment dirais-je ! Une relation ordinaire, normale, avec eux. J'en avais assez de cette situation. Je me suis rendu compte que Raymond Saint-Jean était l'unique personne qui me connaissait vraiment. Je voulais lui proposer de faire la paix entre nous.

Contrairement à son style arrogant habituel, Renaud Mirois parle d'une voix douce, en baissant les yeux. Il paraît sincère, se dit Lajambe. Mais peut-on croire un individu au talent de comédien ? Ne joue-t-il pas continuellement ? Soudain, Mirois se secoue et retrouve ses moyens.

– Ce qui s'est passé entre Raymond et moi ne vous concerne pas. Arrêtez le criminel, Yvon Duclos, et laissez-moi sortir d'ici. Messieurs les détectives, je ne vous en demande pas beaucoup. Faites simplement votre travail, vous m'entendez. Combien de fois faudra-t-il que je vous le répète ?

Bang ! Voilà une façon de parler qui lui ressemble davantage, se dit Lajambe.

– Monsieur Mirois, j'ignore si vous êtes coupable ou

non. Cependant, une chose est certaine : madame Saint-Jean vous a surpris, arme à la main, en train de bousculer son mari. Le procureur de la Justice n'aura pas de difficulté à édifier une preuve quasiment impossible à mettre en doute. Vous savez ce que cela signifie ? La prison à vie. La seule chance que vous ayez de vous en sortir est de collaborer à l'enquête pour que nous puissions trouver des éléments susceptibles de démontrer votre innocence. Tant que vous jouerez la carte de l'arrogance, vous n'obtiendrez jamais rien.

— Allez vous faire foutre. Effectuez votre travail convenablement.

Bang ! Bang ! Bang ! Bang ! Bang ! Bang ! Lajambe se lève.

— Viens, Fripon, avant que je ne démolisse cette tête de nœuds !

XXXXX

Ni la chaleur suffocante ni la promenade en auto de 45 minutes ne calment Lajambe. Tout en pestant contre Mirois tout au long du trajet, il indique la direction à Réal pour se rendre au nord de la ville. Boulevard Henri-Bourassa, Réal stationne la voiture ; Lajambe en sort en claquant la portière.

— Est-ce que je pourrais savoir où nous allons ? demande Réal.

— Excuse-moi, Fripon, cet abruti de Mirois m'a mis hors de moi. Nous allons interroger le garçon qui travaillait au bar de l'Électra le soir du crime.

Sans plus de détails, Lajambe s'engage sur le trottoir

d'un pas ferme. Plusieurs commerces et immeubles de bureaux sont situés sur cette section du boulevard Henri-Bourassa. En ce début d'après-midi, les piétons sont nombreux. Après un repas léger, on retourne lentement au boulot, écrasé par la chaleur humide. Lajambe se faufile entre eux à la manière d'une locomotive sans frein qui dévale une pente. Il ne parvient tout simplement pas à calmer la tempête que Mirois a soulevée dans son esprit. Bang ! Bang ! Bang ! Bang ! Il s'immobilise brusquement devant de grandes portes vitrées sur lesquelles il est écrit *Bistro à Julot*. Il se précipite à l'intérieur, Réal le suit.

L'endroit, nouvellement rénové, respire la propreté et déborde de lumière. Des néons en forme de palmiers et de cactus décorent les murs aux couleurs pastel. La salle jonchée de plantes est à moitié vide. Une trentaine de clients s'attardent à goûter les bienfaits de l'air climatisé. L'heure du repas étant terminée, les serveuses ont ralenti le pas, elles nettoient les tables en bavardant entre elles. Au fond du bistro, un immense miroir, obstrué partiellement par des bouteilles aux formes variées, fait paraître l'espace plus grand. Les détectives se présentent au zinc. Devant eux, le barman s'affaire à compter le nombre de bières dans le réfrigérateur.

— Je suis à vous tout de suite, dit-il.

— Prenez tout votre temps, dit Lajambe qui, contrairement à ses habitudes, s'assied sur le tabouret au lieu de rester debout.

L'homme griffonne des chiffres sur une feuille d'inventaire. Le type n'est pas jeune, sûrement dans la cinquantaine. Teint rougeaud, nez violacé, voix cassée indiquent bien que l'individu est venu au monde dans un débit de boissons et que le premier client qu'il sert tous les jours, c'est lui-même.

— On n'en finit plus de faire des rapports, dit-il en rangeant les papiers sous le comptoir. Qu'est-ce que ce sera pour vous, messieurs ?

— Est-ce que Jean-Claude Fontaine travaille ici ? demande Lajambe.

— Certainement. Et il est devant vous.

— Détective Lajambe et Fripon. Nous aimerions vous poser quelques questions concernant l'assassinat de Raymond Saint-Jean.

— Je me doutais bien que la police viendrait m'interroger un jour ou l'autre.

— Mais avant toute chose, je boirais bien un coup, moi, dit Lajambe.

— Qu'est-ce que je vous sers ?

— Un verre d'eau, dit Réal.

— Et pour monsieur ?

— Je ne sais trop. Je suis encore imbibé de ma virée d'hier.

— Les cuites, je connais bien. J'ai ce qu'il vous faut, faites-moi confiance.

Avant que Lajambe n'ait le temps de donner son consentement à la proposition de Fontaine, celui-ci se retire et fait culbuter les bouteilles.

— Comment ne pas avoir le feu au cul ? dit Lajambe qui commence à se calmer de ses émotions, cet enfoiré de Mirois qui veut nous montrer comment effectuer notre travail.

— Je ne le comprends pas. S'il est innocent, il devrait

collaborer avec nous, mais il ne le fait pas. Par contre, s'il est coupable, il devrait tenter de dissimuler son jeu en faisant semblant de nous aider dans notre enquête, ce qu'il ne fait pas non plus. Comment expliquer son comportement ?

— Je crois que Mirois est tout simplement con ! Un couillon de la pire espèce ! Chroniqueur à la télé, il se prend pour une grande vedette. Il lui manque un grain à ce type. Il nous envoie nous faire foutre, l'imbécile ! Qu'est-ce qu'il ne faut pas entendre de nos jours ? Mais, Fripon, vrai comme je suis là, je te jure que ce salaud va me payer toutes ses insultes un jour ou l'autre. Parole de Lajambe !

Fontaine revient avec la commande.

— Voici l'eau, dit-il. Et de quoi dégriser pour monsieur.

— De quoi s'agit-il ?

— Un rince-cochon.

— Oh ! Plus personne ne connaît ça. Mais c'est justement ce qu'il me faut, dit Lajambe en portant le verre à ses lèvres. Ça va me remettre les pieds sur terre.

Après avoir ingurgité quelques gorgées, Lajambe qualifie son breuvage de liquide miracle. La mixture, selon les dires du fêtard, produit un effet bénéfique atténuant la pression dans le cerveau. Lajambe ferme les yeux, la grosse framboise s'est immobilisée, la tête ne résonne plus.

— Merveilleux ! s'exclame-t-il. Vous êtes un génie.

— Je suis un spécialiste des lendemains de cuite.

— Les connaisseurs de votre genre deviennent de plus en plus rares.

— Le métier se perd. Bientôt, il n'y aura plus que des distributeurs de consommations.

— Brrr ! Vous me donnez des frissons, dit Lajambe en

repoussant son verre vide. Qu'est-ce que vous me conseillez maintenant ? Un ballon de rouge, ça irait ?

— Attendez, dit Fontaine qui se tourne vers les casiers où sont rangées les bouteilles. J'ai un vin nouveau ici… qui se laisse bien boire en début d'après-midi. Le voici. Et je vais vous accompagner.

— Un petit coup de beaujol et je serai complètement remis de ma cuite, dit Lajambe tandis que Fontaine joue du tire-bouchon.

— Et vous ne recommencerez plus. Promis ?

— Je le jure. Dorénavant, je ferai dans la modération.

Fontaine et Lajambe rient tout en portant un toast. S'étant entendus sur la robe, pourpre oscillant sur le rubis, ils hument le bouquet fruité, s'éternisent à déguster, claquent la langue contre le palais et savourent le précieux liquide. Les deux connaisseurs émettent des commentaires des plus élogieux sur la façon dont se comporte le vin, au nez, en bouche et à l'arrière-bouche. Verdict unanime : un véritable nectar des dieux !

Réal tente de faire dévier la conversation sur l'objet de la visite.

— Est-ce que vous travaillez souvent à l'Électra ? demande-t-il à Fontaine.

— Ah ! cette histoire de meurtre ! s'exclame Lajambe. Je n'y pensais plus. Heureusement que tu es là, Fripon.

— C'est une sale affaire, dit Fontaine. Je me doutais bien que cela allait se produire un jour ou l'autre. Mais je n'ai rien vu. Je ne peux pas vous dire grand-chose.

— Où étiez-vous à ce moment-là ?

— Ce soir-là, il m'est arrivé tout un pépin. À la fin de la première partie du spectacle, je m'aperçois qu'il n'y a plus de verre à bière sous le comptoir. Pourtant, la veille, il me semble qu'il en restait suffisamment. En quarante ans de métier, c'est la première fois que cela se produit. Et c'est dramatique, car à l'Électra, la remise est située à l'arrière de la salle. J'ai fait signe au gérant de venir me remplacer et suis allé en chercher au pas de course.

— Pourquoi n'avez-vous pas envoyé quelqu'un d'autre à votre place ?

— Qui ? Les boîtes sont lourdes, oncle Sam peut difficilement les soulever et monsieur Riendeau n'y connaît rien. Il m'aurait ramené n'importe quoi, sauf les bons verres.

— Combien de temps pour vous y rendre ?

— Une ou deux minutes. Ce fut plus long pour revenir, car il y avait beaucoup de gens dans le bar.

— Est-ce que vous avez vu quelqu'un de suspect dans la salle ?

— Je ne regardais pas tellement autour de moi, je pensais seulement à faire vite.

— Êtes-vous en mesure d'évaluer la durée de votre absence ?

— Débarrer la porte, prendre les verres, la verrouiller à nouveau… Je dirais deux à trois minutes. Puis je suis revenu à toute vitesse et j'ai remplacé le gérant qui servait ceux qui désiraient des spiritueux. Quelques minutes plus tard, on entendait les cris de la femme de Saint-Jean.

— Ouais ! fait Réal pensivement. Avez-vous d'autres informations qui pourraient nous être utiles ?

— Pas vraiment. Je n'ai rien vu.

— Depuis tantôt, je t'écoute diriger l'interrogatoire, Fripon, dit Lajambe. Tu commences à te démerder. N'est-ce pas qu'il est bien, le petit ? C'est sa première enquête.

– Félicitations ! Tu as beaucoup de talent.

– Merci, dit Réal, fier de lui.

– Buvons à la santé de Fripon ! dit Lajambe.

– À la tienne, Fripon !

Les verres reposés sur le comptoir, Lajambe demande :

– Tantôt, vous avez dit que vous vous doutiez qu'une histoire semblable allait se produire un jour ou l'autre. Qu'est-ce que vous vouliez dire au juste ?

– Je connais bien le milieu artistique, j'y travaille depuis longtemps. Derrière un bar, vous savez, on entend souvent bien des racontars lorsque le public n'est plus là. On assiste à des engueulades et parfois, l'alcool aidant, on nous confie des secrets.

– Raymond Saint-Jean n'est pas un nouveau venu ?

– Je lui ai parlé à plusieurs reprises.

– Il n'était pas tellement aimé à ce qu'on dit ?

– On le détestait. Il avait un caractère de chien et il ne se gênait pas pour faire des crises de vedette. Son entourage en payait le prix.

– Plusieurs personnes lui en voulaient ?

– Hé comment ! À l'Électra, il s'en prenait à quelqu'un tous les jours. Quand ce n'était pas le technicien du son qui ne travaillait pas à son goût, c'était l'éclairagiste, ou le gérant de la salle, ou sa femme, à tout le monde. Il a même engueulé oncle Sam, l'homme le plus prévenant et le plus gentil que je connaisse. Raymond Saint-Jean ne respectait rien ni personne.

– Et Renaud Mirois ?

– L'un ne valait guère mieux que l'autre, les deux

avaient de sales caractères. À bien y penser, Mirois est pire que Saint-Jean qui, lui, au moins, avait du talent. Mirois est un raté. Il s'en prend aux artistes pour se défouler, il est frustré de ne pas avoir réussi à effectuer une carrière comme eux.

– Aurait-il pu le tuer pour ça ?

– Difficile à dire. Un individu ordinaire ne ferait pas une chose pareille, mais les vedettes ne sont pas des gens comme vous et moi. Puis je ne sais trop ce qu'il y avait entre la femme de Saint-Jean et Mirois. Je les ai souvent vus discuter en catimini.

– Qu'est-ce que vous voulez dire ?

– Mirois connaît la conjointe de Saint-Jean. Ils disaient des messes basses, ces deux-là, tout en surveillant les personnes autour d'eux. De toute évidence, ils faisaient attention pour que Saint-Jean ne les surprenne pas ensemble.

– Que savez-vous sur elle ?

– Pas grand-chose. Elle donnait l'impression qu'elle était prête à tout pour demeurer dans le milieu artistique.

– Elle n'aimait pas son mari ?

– Hum ! Ce ne sont que des perceptions. Je parle peut-être au travers de mon chapeau. Je ne veux pas faire de tort à quiconque…

– Allez, tous les renseignements sont bons.

– Je présume qu'au début de leur relation, elle devait sans doute l'adorer. Par la suite… je ne sais pas. Il l'engueulait royalement devant n'importe qui. Il l'humiliait et l'insultait sans réserve. Comment une femme peut-elle tolérer pareil traitement ? J'en connais plusieurs qui auraient fait leurs valises depuis longtemps.

— Et Yvon Duclos, que pouvez-vous nous dire sur lui ?

— Monsieur Duclos est très gentil, doux comme un agneau. Je ne l'ai jamais entendu parler en mal de quiconque. Il est poli et aimable avec tout le monde. Il n'a jamais affiché l'arrogance des vedettes d'aujourd'hui. Bien sûr, il n'est plus populaire. Certains disent qu'il tente de revenir sur scène par tous les moyens. Je ne sais trop ce qui est vrai dans tout ce qu'on raconte, mais une chose est certaine : Yvon Duclos ne ferait pas de mal à une mouche.

De retour à l'auto, Lajambe s'installe sur la banquette en soupirant profondément, sourire aux lèvres.

— Qu'est-ce que vous pensez de Fontaine ? demande Réal.

— C'est un type bien.

— Moi, je me méfie de ce genre d'individu.

— Pourquoi ?

— Il dit qu'il ne connaît pas grand-chose, mais ça ne l'empêche pas de nous parler pendant des heures. C'est un comportement plutôt louche.

— Fripon, je reconnais qu'il faut être sur ses gardes avec tout le monde aujourd'hui, particulièrement dans notre profession. Mais il y a tout de même des gens en qui nous pouvons avoir confiance, bordel de merde ! Un type comme Fontaine, dont le grand savoir permet de faire passer un mal de bloc, doit susciter respect et admiration. Crois-moi Fripon, le rince-cochon est l'élixir des dieux !

— Ah oui ?

— De par son métier, cet homme en connaît plus que n'importe qui sur le milieu artistique. Il observe tout et se tait. Il a accepté de nous révéler ses informations uniquement parce que nous sommes des policiers.

Autrement, j'en suis convaincu, ce type est muet comme une tombe. Ça, c'est du véritable professionnalisme. Mon père me répétait toujours : « Vaut mieux mettre son nez dans un verre de Beaujolais que dans les affaires d'autrui. » Fontaine fait partie de ceux qui appliquent cette grande sagesse.

L'étau se resserre

– Merde ! On va bousiller la bagnole, Fripon.

Le chemin boueux et cahoteux qui serpente entre les maisons en chantier est habituellement fréquenté par les camions, les bétonneuses et autres véhicules monstrueux qui éveillent un sentiment de peur, lorsque vous les croisez sur la route. Réal fait de son mieux pour contourner les obstacles. Le secteur Est de Montréal connaît un fort développement. Ici et là, de grandes affiches évoquent le paradis sur terre, à proximité d'une piste cyclable, et un nouvel art de vivre qui s'articule, au plan architectural, autour de résidences avec d'immenses salles d'eau pouvant accueillir un groupe d'amis. Le projet visité par les détectives est particulièrement important ; il comprendra, une fois terminé, plus de mille unités.

Bientôt, ils atteignent une série de maisons dont la construction tire à sa fin. Les poids lourds font place à des camionnettes portant des enseignes d'entreprises d'installations électriques, de pose d'armoires de cuisine, de foyers, de tapis et, bien sûr, de bains-tourbillon de luxe.

– Est-ce que vous connaissez André Saint-Jean ? demande Lajambe à un ouvrier qui retirait un coffre d'outils d'une fourgonnette identifiée E & M Geoffrion

Électrika. On m'a dit qu'il travaille pour monsieur Geoffrion.

Le type s'approche de la voiture.

– Monsieur qui ?

– Geoffrion.

– Geoffrion !

– Oui, Geoffrion. Vous êtes sourd ou quoi ?

– Geoffrion qui ?

– Il ne comprend rien à ce que je raconte, Fripon, dit Lajambe à voix basse. Il est aussi bavard que le marteau qu'il porte à la ceinture. C'est bien notre veine !

– Laissez-moi faire, je vais m'en occuper.

Réal sort de la voiture et discute avec l'individu qui lui indique l'endroit recherché.

Quelques instants plus tard, les détectives pénètrent dans une maison où deux types s'affairent à faire passer des fils électriques dans une charpente.

– Monsieur Saint-Jean ?

– C'est moi, répond un grand costaud noir, barbu, à la voix rauque.

André Saint-Jean, une véritable armoire à glace, est doté d'un physique fort différent de celui de son frère.

– Vous en êtes certain ? demande Lajambe, incrédule.

– Me prends-tu pour un imbécile, le Français ? Je dois connaître mon nom quand même !

– Excusez-nous, monsieur Saint-Jean, nous sommes surpris de constater que vous ne ressemblez pas à Raymond.

– Oh non ! Pas du tout !

– Détectives Lajambe et Fripon. Nous aurions quelques

questions à vous poser à son sujet.

— Certainement, répond-il, délaissant ses outils. Mais je ne sais rien sur Raymond, ajoute-t-il en entraînant les détectives dans une pièce adjacente.

— Quand lui avez-vous parlé pour la dernière fois ?

— Il y a bien des années, lorsque nous étions enfants, avant qu'il ne quitte la maison.

— Pourquoi est-il parti ?

— Je l'ignore. Il s'est passé une histoire entre lui et papa et ni l'un ni l'autre n'a voulu révéler ce dont il s'agissait. Raymond n'est jamais revenu à domicile, même pas après la mort du paternel. Ils vont peut-être se retrouver maintenant qu'ils sont tous les deux au paradis.

La voix d'André Saint-Jean, forte et autoritaire, avait vacillé lorsqu'il avait dit la dernière phrase. Ému, il garde le silence et avale sa salive. Visiblement, ce conflit l'avait profondément marqué.

— Avez-vous tenté d'entrer en contact avec votre frère ?

— Jamais. Il ne désirait pas rencontrer les membres de sa famille.

— Mais le soir du meurtre, vous étiez au spectacle.

— Oui, j'y étais. J'assistais souvent aux représentations de Raymond, je connaissais tous ses numéros.

— Et vous n'alliez jamais le voir dans sa loge.

— Jamais. Je respectais sa décision.

— Si vous l'aimiez, bordel de merde ! s'exclame Lajambe, ça ne devait pas être facile de rester froid comme un cube de glace, tout de même !

André Saint-Jean baisse les yeux et avale sa salive à nouveau. Le costaud ressemble à un gros ourson malheureux.

– C'était difficile, dit-il enfin. J'aurais préféré lui parler… C'était mon frère… J'aurais sans doute dû le contacter, une fois au moins. Mais il est trop tard maintenant.

XXXXX

Allongé sur le rebord de la fenêtre, le chat de Sylvie fait un mauvais rêve : un être monstrueux se dirige vers lui et tente de l'écrabouiller. Comment mettre un terme à ce cauchemar ? Il ouvre l'œil. Réal est au pied de l'escalier. Appuyé sur la rampe, il attend Lajambe qui s'essuie le front avec un mouchoir. « Putain de chaleur ! » lance ce dernier.

Ce n'était pas le fruit de mon imagination, pense le félin, il y a vraiment un intrus qui vient vers moi. Un jour ou l'autre, se dit-il en déguerpissant, faudra bien que je songe à déménager mes pénates, le quartier n'est plus ce qu'il était.

Réal gravit les quelques marches qui le séparent du balcon et frappe à la porte. Lajambe le rejoint. Ils entendent quelqu'un s'approcher au pas de course. On ouvre brusquement.

– Vous ! s'exclame Sylvie, dont la superbe s'effondre à la vue des détectives.

Contrairement à la jeune femme déconfite qu'ils avaient rencontrée la semaine dernière, madame Saint-Jean est resplendissante et débordante d'énergie. Son maquillage soigné fait ressortir ses grands yeux verts, ses pommettes rondes et son large sourire. Sa tenue surprend : blouse profondément décolletée qui laisse deviner qu'elle ne porte pas de soutien-gorge, jupe très courte et souliers à talons hauts.

Drôle de façon de vivre un deuil, pense Lajambe qui se sent piqué au vif par un tel accueil. Réal, lui, en admiration devant la beauté de la jeune femme, perd le peu de moyens dont il dispose, il se transforme en statue de sel.

– Hé oui ! Encore nous ! dit Lajambe. Nous nous ennuyions, alors nous avons décidé de venir faire un petit tour.

– Excusez-moi, je ne voulais pas vous vexer… Je suis tellement maladroite…

– Nous aimerions vous poser quelques questions.

– C'est que j'attends quelqu'un.

– Ça ne sera pas long, je vous le promets. Seulement quelques minutes.

– D'accord. Entrez, dit la jeune femme qui se dirige vers le salon en attachant discrètement quelques boutons de sa blouse.

Chacun reprend la place qu'il occupait lors de la visite précédente. Des boîtes de carton traînent un peu partout dans l'appartement.

– Vous déménagez ? demande Lajambe.

– Je ne veux plus rester dans ce logement. Il me rappelle trop de souvenirs.

– Je vous comprends. Pourquoi se laisser torturer par les fantômes, hein ?

– Je ne suis pas du genre à déprimer. Lorsqu'une histoire est terminée, je passe à autre chose, c'est tout. J'ai juste une vie et je désire la mener comme je l'entends. Et je ne vais pas pleurer un mort pendant des années. Ce que vous en pensez, je m'en fous.

Sylvie se tient droite, les mains jointes entre les

cuisses. On ne peut pas avoir l'air plus déterminé qu'elle ne l'est.

– Personne ne veut vous imposer quoi que ce soit, madame. Vous êtes entièrement libre de faire tout ce que vous désirez. Une seule chose nous importe, à nous les policiers, c'est la vérité. Au sujet des accusations portées contre Mirois, votre témoignage est primordial.

– J'ai raconté ce que je sais, un point, c'est tout.

– Cependant, vous nous avez caché certains détails.

– Lesquels ?

– Que vous et Mirois, vous étiez des proches.

L'affirmation de Lajambe surprend Sylvie qui ne s'attendait pas à pareille révélation. Elle marque une pause, avant de répliquer.

– D'accord, c'est vrai. Mais en quoi cela concerne le meurtre de Raymond ?

– Depuis combien de temps connaissez-vous Mirois ?

– Je me répète, qu'est-ce que cela a à voir avec les événements ?

– Je ne sais pas encore.

– Alors je refuse d'en dire plus.

– Madame, si vous ne voulez pas répondre à mes questions maintenant, vous devrez le faire en cour, devant une salle bondée. À vous de choisir.

Sylvie respire profondément.

– J'ai rencontré Renaud Mirois avant Raymond.

– Quelle relation entreteniez-vous avec lui ?

– Je dirais… occasionnelle, sans plus. À l'époque, j'aimais bien Renaud parce qu'il fréquentait plusieurs artistes et il m'amenait souvent assister à des spectacles.

J'étais jeune, vous comprenez?

– Bien sûr. La même chose a failli m'arriver lorsque j'étais adolescent; mais cela, c'est une autre histoire. Continuez.

– Un jour, j'ai eu l'idée d'offrir mes services de graphiste à Raymond pour la conception d'une affiche. Vous connaissez la suite.

– Est-ce que Raymond était au courant que vous aviez des liens avec Mirois?

– Jamais de la vie! Vous êtes fou! S'il l'avait appris, il ne m'aurait jamais mariée.

– Mirois vous a-t-il déjà menacée de révéler l'existence de cette relation à Raymond?

– Pourquoi aurait-il fait cela?

– Pour embêter Raymond.

Sylvie esquisse une moue.

– Vous savez, Renaud et Raymond ne se parlaient pas. Je n'ai jamais compris pourquoi ils se détestaient tant, ils se ressemblaient tellement, caractère identique, même arrogance… Si l'un d'eux avait fait les premiers pas, peut-être qu'ils auraient pu redevenir les grands amis qu'ils avaient été. Mais cela ne s'est jamais produit. C'était plutôt une escalade continuelle d'attaques et d'insultes dans les médias.

– Est-ce que vous rencontriez Mirois souvent?

– Surtout lorsqu'il assistait à des spectacles de Raymond. Un critique voit tout ce qui se fait dans le domaine qui le concerne, peu importe s'il se dispute avec les artistes ou non.

– D'accord.

– Alors parfois, je le croisais. C'est tout.

– Et Raymond ne l'a jamais su ?

La sonnerie de la porte retentit.

– Jamais, répond Sylvie en se levant. Vous allez devoir m'excuser, c'est tout le temps dont je disposais, ajoute-t-elle en se dirigeant vers l'entrée, tout en défaisant discrètement quelques boutons de sa blouse.

– Nous n'avons pas d'autres questions à vous poser pour l'instant, dit Lajambe en la suivant sur les talons. Viens, Fripon.

En ouvrant la porte, Sylvie est accueillie par un « Wow ! » percutant. Un jeune homme blond dans la vingtaine, cheveux longs qui ne se souviennent plus à quoi ressemble une brosse, yeux bleus, bouche pleine de dents, nez proéminent, grandes oreilles, chemise et jean déchirés à plusieurs endroits, bottes de cow-boy, examine Sylvie de la tête aux pieds. Bien que la présence des policiers la rende mal à l'aise, Sylvie paraît tout de même flattée de se faire admirer ainsi. Tout en roucoulant, elle se trémousse en serrant les genoux.

– Je te rapporte le *sketch* de l'affiche que tu as faite pour le *band*, dit-il en désignant un cartable qu'il tient sous le bras. C'est super *cool* ! Tout le monde trouve ça *hot* ! Wow ! Je pense ben que ça va marcher ton affaire.

– C'est le *fun* !

Lajambe, suivi de Réal, sort sur le balcon.

– Excusez-nous, dit-il, nous ne vous dérangerons pas plus longtemps. Nous avons encore fort à faire aujourd'hui.

– Oh ! s'exclame Sylvie. Gerry, je te présente les détectives qui enquêtent sur le meurtre de Raymond.

Puis elle ajoute, à l'attention de Lajambe :

– Gerry est musicien. Il joue de la guitare dans un *band* de *heavy metal*.

– Enchanté, monsieur Gerry, dit Lajambe en tendant la main au jeune homme. Détectives Lajambe et Fripon.

– L'histoire de Raymond, dit Gerry en échangeant les politesses, Sylvie me l'a racontée. *Ouache*! C'est dégueulasse!

– J'en conviens, mon cher monsieur, c'est… comme vous dites. Sur ce, nous vous quittons. Au revoir!

– Salut, *man*! Pis lâchez pas. *Pognez* l'écœurant qui a fait ça.

– Nous faisons de notre mieux.

Les détectives n'ont pas atteint le milieu de l'escalier qu'ils entendent de petits rires complices suivis du claquement de la porte. Lajambe ne peut s'empêcher de hausser les épaules et de lever les yeux au ciel. Sur le trottoir, il se dirige lentement vers le stationnement en s'essuyant le front avec son mouchoir.

– Elle te fait drôlement de l'effet, la Sylvie, dit Lajambe.

– Elle est tellement belle!

– Tu n'as pas l'intention de lui demander de te dessiner un croquis pour une affiche, tout de même, ajoute Lajambe en rigolant.

– Qu'est-ce que vous voulez dire?

– Rien, Fripon, je déconne.

Les détectives montent dans l'auto et quittent les lieux.

– Les gens changent, Fripon, dit soudainement Lajambe, chemin faisant.

– Moi, je suis toujours le même, réplique Réal.

– Toi, peut-être, mais la société se transforme.

– Ah oui ?

– Et l'on ne s'en rend pas compte.

Puis, après une pause, Lajambe ajoute :

– Autrefois, lorsqu'un type mourait, sa moitié s'habillait en noir pendant des années. Elle se retirait du monde. Elle ne rencontrait plus personne, débranchait radio, télé, et ne sortait que pour les nécessités. Les femmes ne portent plus le deuil de la même façon aujourd'hui. Pas Sylvie en tout cas. Il n'y a pas deux semaines d'écouler depuis que son marlou a tourné de l'œil et la voilà qui se remet en chasse. Un peu court, non ?

– D'accord, Sylvie va vite…

– Elle est en chaleur, la petite.

– Mais avant, cela n'avait pas de sens. Une veuve passait le reste de sa vie à pleurer son mari. C'était ridicule.

– Tu as raison, Fripon. Je ne discute pas du bien-fondé de ces comportements, je constate simplement la différence. Et pour une vieille chaussette comme moi, c'est parfois difficile à accepter tous ces changements. Mes racines sont bien enfoncées dans l'ancienne époque, moi.

– Je comprends, mais peu importe où vous êtes, faut aller de l'avant.

– Tu as bien raison, Fripon, ça continue.

Puis Lajambe parle en imitant Gerry, le musicien qu'ils viennent de croiser sur le balcon de Sylvie.

– On lâche pas, *man*, on va le *pogner*, l'écœurant. Le dégueulasse ! *Ouache* ! Ça va marcher notre affaire ! *Cool* !

– Vous avez du talent, réplique Réal en riant de la performance de Lajambe. Auriez-vous aimé jouer d'un instrument ?

– Certainement. J'aurais été un rocker, un vrai. Je leur aurais rempli les oreilles, moi, à tous ces jeunes à la gueule pleine de boutons qui ne demandent qu'à s'éclater.

XXXXX

Quelques instants plus tard, la voiture des détectives s'immobilise devant un immeuble de verre du centre-ville. Dans l'ascenseur qui les amène au quinzième étage, Réal demande à Lajambe :

– Comment avez-vous deviné que Sylvie, la femme de Saint-Jean, avait eu une relation avec Mirois ?

– C'était un bluff, Fripon, je n'en étais pas certain. Elle est tombée dans le panneau.

La porte s'ouvre sur une réceptionniste qui, après les formalités d'usage, les conduit dans une grande salle meublée d'une centaine de tables à dessin disposées en rangées. D'un côté complètement vitré, une vue impressionnante du fleuve Saint-Laurent et de la rive sud. À l'avant, Monique Beaurivage s'adresse à une trentaine d'ingénieurs, surtout des hommes, qui l'écoutent religieusement tout en consultant les plans posés devant eux.

– Madame Beaurivage va venir vous parler dès qu'elle peut se libérer, dit leur guide avant de retourner à son bureau.

Monique Beaurivage n'est pas du genre à s'en laisser imposer. Elle connaît à fond le sujet de sa présentation, les questions de l'auditoire ne l'embêtent aucunement. Après quelques minutes, elle dit au groupe qu'elle doit s'absenter quelques minutes et rejoint les détectives.

– Bonjour messieurs ! Par ici, dit-elle en les faisant entrer dans un local adjacent à la salle. Nous serons plus tranquilles. Je n'ai pas beaucoup de temps à vous consacrer.

– Ça ne sera pas long. Nous voulons simplement vérifier un point. Vous avez affirmé que pendant l'entracte, vous étiez restée en compagnie de Diane Côté, c'est bien cela ?

Monique ne répond pas. Mal à l'aise, elle baisse les yeux. Lajambe poursuit.

– Un des témoins que nous avons interrogés, qui se trouvait quelques rangées derrière, est convaincu que vous avez quitté votre siège à la fin de la première partie du spectacle. Et il jure que vous étiez seule, votre amie ne vous accompagnait pas.

Monique Beaurivage se cache le visage dans les mains et pleure silencieusement. Réal, incapable de tolérer une telle situation, ne sait plus que faire de lui. Il se promène de long en large, jetant des regards désespérés à la femme.

– Surtout, dit Lajambe en se tournant vers Réal, tu ne vas pas chercher de papier de toilette.

– Mais non.

Fouillant dans ses poches, Réal trouve un kleenex qu'il tend à Monique.

– Merci, dit-elle en s'essuyant les yeux.

Ayant retrouvé son sang-froid, elle répond :

– Même mort, Raymond Saint-Jean réussit à me faire du mal.

– Allons donc, madame Beaurivage ! s'exclame Lajambe, exaspéré. Cessez vos enfantillages. C'est malheureux votre histoire, j'en conviens. Mais bordel de merde, comme disait Fripon tantôt, la vie continue ! Ne vous torturez plus avec cette histoire.

— Vous avez raison, dit-elle en soupirant.

— Qu'est-il arrivé au juste à l'entracte ?

— Rien. Je me suis rendue aux toilettes et lorsque j'en suis ressortie, on évacuait la salle. Je ne savais pas ce qui se passait, j'ai attendu mon amie à l'extérieur. C'est tout.

— Pourquoi nous avez-vous menti alors ?

— Parce que… Comme je vous l'ai dit, j'avais toutes les raisons au monde pour tuer Raymond Saint-Jean. Lorsqu'on m'a appris qu'on venait de l'assassiner, j'ai eu peur d'être accusée. C'est pour ça que j'ai inventé cet alibi.

— Madame, lorsque survient un événement comme celui-ci, la meilleure façon de ne pas éveiller de soupçons, c'est de s'en tenir à la vérité. Si vous mentez, vous risquez de vous retrouver dans le box des accusés.

XXXXX

— Pourquoi nous avoir caché votre relation avec Sylvie, la femme de Raymond Saint-Jean ?

— Mais en quoi cela vous concerne-t-il ?

Renaud Mirois n'avait rien perdu de son arrogance ni de son agressivité. Visage tendu, grimaçant, il regarde fixement son vis-à-vis, le détective Lajambe, poings fermés appuyés sur la table. Il ressemble à un lion sur le point de bondir sur sa proie. Adossé au mur, Réal surveille étroitement le prisonnier, prêt à intervenir.

— Après deux semaines d'enquête, c'est tout ce que vous trouvez à me demander ? Vous êtes de beaux incompétents !

Lajambe respire profondément. Avant de rencontrer Mirois, il s'était promis de conserver son calme, de ne pas répliquer aux insultes.

– Alors aviez-vous une relation avec elle, oui ou non ?

– Qu'est-ce que vous voulez savoir au juste ? Si j'ai couché avec elle ? Certainement. Si elle baise bien ? Comme une vraie pute. Voilà, vous êtes satisfait maintenant ! Vous désirez avoir des détails plus croustillants, je suppose, bande de crétins ?

Quel con, ce mec ! se dit Lajambe ! Qu'est-ce qui me retient de ne pas le passer à tabac ?

– Monsieur Mirois, réplique Lajambe, je vous prierais de conserver votre calme et de répondre simplement aux questions ? C'est la meilleure façon de faire progresser l'enquête.

– Parlons-en de votre investigation, espèce de minable que vous êtes ! Vous ne résolvez absolument rien. Qu'est-ce que vous attendez pour arrêter Yvon Duclos ? C'est lui le coupable, pas moi. Vous vous acharnez sur un innocent.

– Pourquoi ne pas nous avoir dit que vous connaissiez madame Saint-Jean ?

– Vous ne me l'avez jamais demandé. Je ne réponds qu'aux questions qu'on me pose, moi. Minables !

Lajambe n'en croit pas ses oreilles, ce type est un véritable sac d'injures, pense-t-il. Qu'est-ce qu'il a dans le cul pour agir ainsi ? Surtout, il ne faut pas répliquer. Le détective marque un temps. Du revers de la main, il se frotte le visage.

– Vous êtes conscient que si l'enquête n'aboutit pas, vous serez accusé d'avoir commis ce meurtre, et sans aucun doute, vous serez trouvé coupable ?

– Vous êtes tellement incompétents que c'est bien ce qui risque de se produire.

– Pourquoi êtes-vous si agressif envers la police ?

– Ah ! Elle est bonne celle-là ! Espèce de trou de cul ! Savez-vous qui je suis, moi ? Renaud Mirois. Je suis un critique vedette. Toutes les semaines, je passe à la télé. J'ai mon public. Lorsque les gens me croisent dans la rue, ils me demandent mon autographe. Je suis populaire. Vous m'entendez ? J'ai travaillé pendant des années pour en arriver là où je suis aujourd'hui. Et j'ai réussi. Vous, la police, vous venez démolir mon image comme ça, bêtement, sans raison. Et vous voulez savoir pourquoi je suis agressif. Vous détruisez tout ce que j'ai créé, vauriens.

– Ce n'est tout de même pas nous qui sommes responsables du fait que vous étiez sur les lieux du meurtre. Vous ne croyez pas ?

– Effectuez votre travail. Trouvez le criminel et fichez-moi la paix.

Incapable d'en supporter davantage, Lajambe se lève et indique à Réal de le suivre.

– Si jamais vous changez d'idée et que vous êtes prêt à collaborer, faites-nous signe.

– Allez vous faire foutre.

Lajambe ouvre, laisse passer Réal et claque violemment la porte derrière lui.

– Putain de bordel de merde ! Je te jure qu'il va me les payer toutes ces insultes, ce connard !

The show must go on!

Pour la première fois depuis qu'il est entré au service de la police de la Communauté urbaine de Montréal, Réal remet en question le travail de son confrère. Au cours des derniers jours, les deux détectives n'ont rencontré aucun témoin ni procédé à aucun interrogatoire. L'enquête n'avance pas et son partenaire ne semble pas s'en préoccuper outre mesure. Il passe tout son temps à visionner des vidéos et des DVD dans la salle audiovisuelle. À la surprise de Réal, Lajambe a même appris à faire fonctionner les appareils avec le contrôle à distance. Il regarde des films de toutes les époques et de tous les genres : humour, comédie musicale, tragédie, policier, suspense… Au début, Réal lui tenait compagnie. Mais, par manque d'intérêt, il finit par s'absenter de plus en plus souvent, ce qui laisse Lajambe indifférent.

Lorsque Lajambe n'est pas devant le téléviseur, il lit des bouquins et des revues de spectacles, de cinéma et des biographies de grandes actrices : Marilyn Monroe, Ava Gardner, Rita Hayworth, Jane Russell, Greta Garbo, Gina Lollobrigida, Brigitte Bardot…

Les heures passent et Lajambe demeure toujours enfermé dans la salle audiovisuelle. Dès que Réal tente de lui parler, il l'écoute d'une oreille distraite et lui répond en discourant sur les transformations sociales et sur l'évolution des mœurs et des mentalités.

Dans les quotidiens du matin, on annonçait la réouverture de l'Électra, en soirée, avec une jeune humoriste, Josée David. Concernant l'assassinat de Raymond Saint-Jean, les journalistes affirmaient que l'enquête piétinait toujours. On ne pouvait pas confirmer, hors de tout doute, que Renaud Mirois était le meurtrier, mais il demeurait le principal suspect. De façon à peine voilée, on remettait en question le travail des détectives chargés de résoudre l'énigme. Noir sur blanc, on écrivait : *La police cherche-t-elle à découvrir le véritable coupable ou se contente-t-elle d'une solution facile en retenant Renaud Mirois ?* L'article avait piqué Réal au vif. Toute la journée, il s'enferme dans son bureau et trime d'arrache-pied. Si Lajambe est dépassé par les événements, lui, Réal Frigon, en dépit de son peu d'expérience, se doit de prendre les choses en main. S'inspirant de ses notes de cours, il émet différentes hypothèses concernant l'identité du meurtrier, les motifs expliquant son geste, puis élabore plusieurs scénarios qu'il soumet à une rude analyse critique digne des meilleures séries judiciaires. Le résultat de ce travail acharné : Renaud Mirois est effectivement le coupable, sans le moindre doute.

En fin d'après-midi, Réal, sûr de lui, entre dans la salle audiovisuelle. Lajambe est cloué devant le téléviseur.

– Au cégep, dit-il d'une voix forte dont il n'a pas l'habitude, j'ai suivi une formation sur les techniques d'investigation.

Lajambe se tourne vers le jeune détective et l'écoute sans dire un mot. Réal marche de long en large et poursuit son monologue.

– On nous a enseigné qu'une enquête policière doit répondre à six questions : Qui ? Comment ? Quand ? Où ? Pourquoi ? Par qui ? Dans le cas qui nous concerne, les premiers points à éclaircir ne sont pas embêtants. Qui est la victime ? Raymond Saint-Jean. Comment a-t-il été tué ? Avec un revolver muni d'un silencieux. Quand ? Vendredi, le 25 juillet, à la fin de la première partie de son spectacle, c'est-à-dire aux environs de 9 heures 30 minutes. Où ? Dans la loge de l'Électra. La cinquième question, le pourquoi, pose quelques difficultés. Quel était le motif qui a poussé l'assassin à commettre le meurtre ? Dans mes notes de cours, on nous propose de répondre à cette épineuse question en se demandant si le crime est rationnel ou non. Après mûre réflexion, j'en suis arrivé à la conclusion que l'acte était prémédité. Armé, il est entré dans la loge de Saint-Jean avec la ferme intention de le tuer. Sa démarche m'apparaît voulue. Cela ne ressemble en rien au cas classique de deux individus qui se rencontrent par hasard, discutent des raisons de l'échec de leur voyage en Europe, s'accusent mutuellement d'être responsables de cet échec, perdent la tête, se tapent dessus et s'assomment avec un objet contondant comme un cendrier en verre taillé, un tigre en porcelaine, un tisonnier, une raquette de tennis ou un bâton de golf. Non, la situation était fort différente, les événements ont été provoqués ; le coup, bien préparé.

La dernière question, par qui le crime a-t-il été commis ? Afin d'établir la liste des suspects possibles, on nous a enseigné la méthode M.O.M., c'est-à-dire : moyen, opportunité, motifs. Parmi tous les gens qui étaient à l'Électra ce soir-là, qui pouvait se procurer une arme comme celle utilisée par le meurtrier ? Qui a pu passer à l'action dans le laps de temps très court où la victime était seule ? Qui avait de bonnes raisons d'éliminer Raymond Saint-Jean ? Selon moi, il y a quatre suspects possibles : Renaud Mirois, Yvon Duclos, Sylvie Saint-Jean et une personne quelconque qui se trouvait à l'extérieur de l'Électra. En utilisant la fameuse méthode M.O.M., l'analyse des quatre hypothèses nous permet d'établir que Renaud Mirois est le coupable. Voici pourquoi. Yvon Duclos a-t-il pu tuer Raymond Saint-Jean ? Admettons qu'il ait eu le temps d'agir entre le départ de Sylvie Saint-Jean de la loge et l'arrivée de Raymond Mirois, pourquoi aurait-il posé ce geste ? Je connais Yvon Duclos depuis des années, c'est un artiste populaire. Un meurtre, comme vous me l'avez si bien fait remarquer à plusieurs reprises, nuit considérablement à l'image d'une personnalité. Yvon Duclos n'a donc pas pu commettre ce crime parce qu'il est très gentil. Quant à Sylvie Saint-Jean, qui a été seule avec son mari, pourquoi est-elle innocente ? Comment une femme d'une telle beauté aurait-elle pu tenir dans sa petite main délicate une arme aussi redoutable, pouvant donner la mort ? Impossible.

Le meurtrier était-il de l'extérieur de l'Électra ? Cela me semble tout à fait improbable. Un individu se promène dans les environs de l'Électra, voit une porte ouverte, entre, se dirige vers la loge, aperçoit Raymond Saint-Jean, se souvient qu'il a un compte à régler avec ce type, fouille dans une poche, trouve un revolver chargé avec un silencieux, tire à bout portant et disparaît comme il est venu. Non ! Ce scénario manque de sérieux. Il ne reste plus que Renaud Mirois sur ma liste de suspects. Pourquoi aurait-il commis le meurtre ? Je ne sais pas trop au juste, mais les deux se connaissaient depuis longtemps et avaient beaucoup d'histoires en commun. Voilà, telle est ma conclusion.

Lajambe applaudit.

– Bravo, Fripon, tu as fait un bon travail.

– Merci.

– C'est bien le cours de techniques d'enquêtes criminelles que tu as suivi ?

– Oui. Le professeur nous disait que cela allait nous procurer des méthodes nous permettant d'y voir clair dans des affaires très complexes. Il avait raison.

– Bien sûr, tout est limpide maintenant.

– Qu'est-ce que vous pensez de ma conclusion ?

– C'est bien. Viens, je vais te montrer quelques trucs.

– Est-ce que je peux savoir en quoi cela concerne notre enquête ?

– La société se transforme, Fripon. On ne fait plus les choses comme autrefois, on n'agit plus de la même façon.

Sans plus d'explication, Lajambe insère une cassette dans le magnétoscope. À l'écran, une séquence d'un film avec Marilyn Monroe, « *The Seven Year Itch* », où l'actrice se tient debout, jambes écartées, sur une bouche d'aération de métro ; lorsque les véhicules entrent dans la station, la robe se gonfle, découvrant ainsi les cuisses et le slip de la comédienne. Lajambe interrompt la présentation et insère une nouvelle cassette dans l'appareil. Jane Russell dans *The Outlaw* est assise sur des balles de foin ; un travelling arrière de la caméra met en évidence sa volumineuse poitrine.

– Fripon, lorsque ces films sont sortis dans les cinémas,

dit Lajambe en arrêtant le magnétoscope, on faisait la queue pendant des heures pour aller les voir. On trouvait Jane Russell des plus sexy. Dans les églises, les prêtres s'en prenaient ouvertement à ces présentations dans leurs sermons et interdisaient aux fidèles d'y assister. Est-ce que tu crois que les gens écoutaient les soutanes noires ? Mon cul, oui ! Et tu sais ce qu'il y a de plus marrant dans toute cette histoire ? Aujourd'hui, un môme de dix ans peut le regarder calmement comme si de rien n'était. Personne ne s'en offusque. Encore plus surprenant, le gosse risque de trouver le film ennuyeux.

Lajambe insère une nouvelle cassette dans l'appareil. Brigitte Bardot, que l'on devine à poils, s'interroge sur la façon d'étendre des draps sur une corde à linge par une matinée de grands vents.

– Ce film, Fripon, *Et Dieu créa la femme*, souleva des tempêtes de protestation à l'époque également. Incroyable, non ? Aujourd'hui, même les bonnes sœurs ne s'en offusquent plus.

Nouvelle cassette. Réal pousse un cri de surprise. Que voit-il à l'écran ? Les cheveux lui dressent sur la tête. Deux couples entrelacés, complètement nus, s'en donnent à cœur joie dans des ébats amoureux. Et en avant la musique ! Après quelques instants dans une position, on retourne la crêpe et on poursuit le brasse-camarade dans une autre posture.

Réal n'en croit pas ses yeux. Il n'a jamais vu un tel étalage de chair. Mais qu'est-il donc arrivé à Lajambe ? se demande-t-il. Regarder des films pornographiques sur les heures de travail, il y a quelque chose qui ne va pas. Lajambe est sûrement perturbé. D'ailleurs, depuis quelque temps, il n'est plus le même. Lui qui détestait rester au bureau, il ne met plus un pied dehors. Peut-être est-il malade ? Il a perdu la vigueur et le tempérament bouillant qui le caractérisaient. Il ne se fâche plus contre rien. Les bordels de merde ne résonnent plus dans les corridors du poste de police.

— Et tu vois ce qu'on trouve dans les clubs de location de films aujourd'hui, dit Lajambe. Un type peut regarder ce genre de truc, pénard à la maison. Il peut même se brancher sur un satellite qui va le lui expédier directement sur sa télé. Et ça ne fait pas d'histoire. Ces films sont banals, personne n'en parle. Tout un changement de mœurs, n'est-ce pas ? Peut-être que pour un jeune comme toi il n'y a rien d'étonnant dans ce que je te raconte, mais pour moi, tout ça me renverse.

Toc ! Toc ! Toc !

— Oui !

Le sergent Letarte entre dans la salle.

— Excusez-moi de vous déranger dans votre travail, messieurs, mais je voudrais savoir comment se déroule…

En voyant les images pornographiques sur le téléviseur, il a le souffle coupé tout net.

— De quoi s'agit-il ? demande Lajambe.

— Euh ! Qu'est-ce que… Ah ! Votre enquête…

— Laquelle ?

— Euh ! L'assassinat de… Comment ça va ?

— Bien. Nous cherchons à établir un lien entre l'artiste, Raymond Saint-Jean, et tous ceux qui se promènent en Saint-Jean dans ces films. Vous comprenez ce que je veux dire, sergent ?

— Euh ! Si, si…

– Comme le type sur cette séquence, pas celui avec le porte-étendard, mais plutôt celui avec le cigare à moustaches, vous ne le reconnaissez pas ?

– Euh ! Non.

– J'admets qu'il est difficile à identifier, on ne lui voit pas tellement la poire. Mais la grande blonde qui joue de la clarinette, vous l'avez déjà rencontrée ?

– Je regrette infiniment.

Le sergent reprend ses esprits.

– Excusez-moi de mettre un terme à notre entretien qui nous fut réciproquement fort utile, dit-il, mais on m'attend dans mon bureau. Merci de votre précieuse collaboration, messieurs.

– Et tenez-nous au courant !

L'homme, qui tente de sortir précipitamment, donne contre la porte.

– Ce serait mieux de l'ouvrir.

– En effet, merci de votre…

Le sergent quitte la salle.

– Nous avons suffisamment vu de parties de jambes en l'air, dit Lajambe en retirant la cassette du magnétoscope.

– Qu'est-ce que vous avez dit à propos de l'enquête ? Saint-Jean joue dans ces films ?

– Mais je racontais des conneries, Fripon. C'est toi qui m'as enseigné comment faire de pareilles diversions. Tu es extraordinaire dans ce genre de truc.

– Merci, réplique Réal, flatté du compliment.

Lajambe se gratte la tête puis poursuit sa présentation.

– Il n'y a pas que les mœurs qui ont changé, dit-il.

Le détective montre des séquences de films d'Abbott et

Costello et de Laurel et Hardy.

– Tu vois de quelle façon les humoristes faisaient rire les gens à cette époque. Et lorsqu'ils se permettaient de faire des critiques sociales, regarde comment ils s'y prenaient, ajoute-t-il en insérant une nouvelle cassette.

À l'écran se succèdent des classiques, *Les temps modernes* et *Le dictateur* de Charlie Chaplin

– C'est subtil, hein! Nous sommes loin du style cinglant de Raymond Saint-Jean.

– Je comprends votre démonstration, mais où est-ce que cela nous mène?

– Bonne question, dit Lajambe en se frottant les yeux. Fripon, je me demande si tous les gens acceptent ces changements sociaux.

– Qu'ils soient d'accord ou non, ils se produisent. La société évolue.

– Je sais qu'on n'a pas le choix. Mais que se passe-t-il si la machine va trop vite pour une partie de la population? Si certains ne suivent plus la musique?

Décidément, Lajambe est très fatigué, pense Réal. Ses yeux rougis témoignent qu'il a trop regardé le petit écran. Même s'il a du caractère, il a presque soixante ans, après tout. Si la télé à forte dose ce n'est pas bon pour les enfants, elle n'est guère mieux pour les personnes âgées. En moins de deux jours, Lajambe a consommé plus de télévision qu'il ne l'a fait durant toute son existence. Tout un choc lorsqu'on n'a pas l'habitude. Ses idées ne sont sûrement plus claires, il divague, ou presque. Comme tous les gens qui ne sont plus jeunes, Lajambe commence à avoir peur de tout et de rien. Pourquoi craint-il que la société n'évolue trop vite? Parce qu'il a de la difficulté à suivre le rythme de la vie actuel, un point c'est tout. Réal éprouve beaucoup de sympathie envers son compagnon. Que puis-je faire pour lui ? Je dois absolument le faire sortir d'ici.

— Avez-vous lu le journal ce matin ? demande Réal.

— Non, je n'ai pas eu le temps.

— L'Électra rouvre ses portes ce soir.

— Sérieux ?

— Un mois exactement après le meurtre.

— Merde alors ! Allons voir si tout va bien à l'Électra.

Lajambe n'a pas terminé sa phrase qu'il est debout, prêt à partir. Heureux de constater que son compagnon n'a rien perdu de sa vigueur, Réal affiche un grand sourire.

— Qu'est-ce que tu as à te marrer, Fripon ? Amène-toi.

XXXXX

— Bonjour messieurs les détectives ! lance le gérant de l'Électra, monsieur Riendeau, leur ouvrant la porte.

— Nous avons appris que vous présentiez un spectacle ce soir, dit Lajambe en s'avançant dans le hall. Nous venons vérifier si tout se passe bien.

— Hé oui ! Nous n'avons pas tellement le choix, malgré les événements malheureux qui se sont produits, la vie continue.

— Comment est-elle, la petite Josée David ? demande Lajambe tout en désignant la femme sur l'affiche. Elle me semble bien jeune.

— Elle est extraordinaire ! Les gens la trouvent très courageuse de donner le premier show à l'Électra depuis la mort de Raymond Saint-Jean. On joue à guichet fermé ce soir.

– Quel genre de numéro ?

– De l'humour noir. Tous les billets sont vendus.

– Est-ce qu'elle fait uniquement des monologues ?

– Et pour dimanche, la moitié ont déjà disparu. C'est excellent pour une nouvelle venue.

Tout en discutant, le groupe se dirige vers le bar-restaurant. Les lieux sont déserts. Provenant de la salle, une voix de femme, forte, amplifiée, répète continuellement « Une deux. Une deux. Une deux. » Puis elle raconte un bout d'histoire, crie et reprend les interminables « Une deux. Une deux. Une deux. »

– Toujours préoccupé par les affaires, monsieur Riendeau, dit Lajambe en le rejoignant. Vous ne pensez qu'à ça.

– Messieurs, tout en ce bas monde n'est qu'une question de business, de transactions, bonnes ou mauvaises.

– Comment vont les Saoudiens ?

– Très bien. Ils sont venus à Montréal la fin de semaine dernière.

– Comment ont-ils pris les événements survenus à l'Électra ?

– Beaucoup mieux que nous, ici au Québec. Avec tout ce qui se produit au Moyen-Orient, ils ne sont pas près de s'en faire pour la mort d'un homme. Ils en ont vu bien d'autres. Puis il y avait de nouvelles danseuses nues en provenance de la Beauce. Je ne sais pas ce qu'elles ont les Beauceronnes, mais ils étaient complètement chavirés. Même qu'ils sont repartis en oubliant de prendre les stocks de sandales.

– C'est pour ça que vous êtes de bonne humeur.

– Évidemment. C'est l'été ! Remercions Allah !

– Rendez surtout grâce aux Beauceronnes, monsieur Riendeau.

– Vous avez bien raison.

Le groupe entre dans la salle de spectacle. Sur scène, des techniciens vont et viennent, un projecteur ou un bout de fil à la main. Au centre, une petite femme accueille les nouveaux venus.

– J'avais dit personne pendant la répétition, dit-elle, fâchée. Y'a pas moyen d'avoir la sainte paix !

Monsieur Riendeau, pris au dépourvu, ne sait quoi répliquer. Il se tourne vers Lajambe.

– Police ! crie-t-il. Nous vérifions la sécurité des lieux. Laissez-nous effectuer notre travail, sinon, la sainte paix, vous l'aurez peut-être pour l'éternité. Et l'éternité, ça dure un moment, je vous préviens !

La petite femme aux cheveux noirs, courts, visiblement très nerveuse fait la grimace. Lajambe reconnaît le visage qu'il a vu sur l'affiche dans le hall quelques minutes auparavant.

– O. K., mais je ne veux pas vous entendre, dit-elle. On poursuit le test de son, Tony. Une deux. Une deux…

– Elle a du caractère, la Josée, dit Lajambe à voix basse en s'avançant dans l'allée. Allons vérifier la loge et les coulisses.

Assis à l'arrière de la salle, oncle Sam assiste à la répétition. Sa présence est discrète.

– Continuez sans moi, dit Lajambe à ses compagnons, je vous rejoins dans deux minutes.

Tandis que Réal et monsieur Riendeau se dirigent vers la scène, Lajambe se glisse dans la rangée derrière le vieil homme.

— Toujours au poste, dit Lajambe à voix basse en prenant place.

— Bien sûr, on a souvent besoin de moi.

— Comment est-elle, la petite Josée David ? demande le détective en s'appuyant les coudes sur le dossier du banc à côté d'oncle Sam de façon à pouvoir parler à celui-ci dans le creux de l'oreille.

— On dit que c'est une future vedette.

— Partagez-vous cet avis ?

— J'ai de la difficulté à comprendre les artistes d'aujourd'hui. Pourquoi s'en prennent-ils à tout le monde ? Ils ridiculisent tout, ne respectent rien.

— Ça m'étonne, moi aussi. Je ne sais pas ce qu'ils bouffent, ces morveux, mais ça leur passe de travers. On dirait qu'ils désirent tous devenir des vedettes et qu'ils sont prêts à utiliser tous les moyens pour y parvenir. Le milieu artistique est un univers où chacun veut être le meilleur. Et ceux qui les entourent en font tout autant. À la télé, les critiques ne font plus des reportages, mais plutôt de véritables petits numéros, des performances où tout est bon pour attirer l'attention.

— Depuis que je travaille à l'Électra, j'en ai vu des spectacles. Autrefois, on nous chantait de belles chansons ; l'humour était subtil, poli. De nos jours, les insultes pleuvent sans arrêt. Où cela va-t-il nous conduire tout ça ?

— Je l'ignore. Mais il ne faut certainement pas réagir avec violence, nom de Dieu !

— Que voulez-vous dire ?

— Que vous avez tué Raymond Saint-Jean !

Oncle Sam reste muet et regarde droit devant.

– Ayant assisté à toutes les répétitions et à la première de Raymond Saint-Jean, vous saviez que celui-ci utilisait un panier dans le numéro du Petit Chaperon rouge, en deuxième partie. Quelques minutes avant que Raymond Saint-Jean entre en scène, vous vous rendez dans sa loge et vous le dérobez. On ne s'en aperçoit pas, l'artiste est occupé, comme il le fait toujours, à surveiller les spectateurs qui arrivent dans la salle. Vous allez le cacher sous l'auto de Saint-Jean, simulant ainsi qu'on l'a échappé en transportant les accessoires. Tout fonctionne selon votre plan. Vous vous dirigez au bar par la suite. À l'insu de monsieur Fontaine, ce grand érudit, vous vous emparez des verres à bière rangés sous le comptoir et les replacez dans la remise. Encore là, personne ne remarque vos allées et venues, car les gens sont habitués à vous voir circuler ici et là. Arrive l'entracte, vous vous retirez dans le hall en compagnie du gérant. Lorsque Fontaine retourne en salle et Riendeau va au bar, vous vous dirigez vers l'entrée des artistes, dans les coulisses. Comme vous l'espériez, la femme de Saint-Jean sort à l'extérieur de l'Électra à la recherche du panier. Vous pénétrez dans la loge. Saint-Jean ne se méfie pas, vous lui faites sa fête. Bang ! Bang ! Vous posez l'arme par terre et revenez sur vos pas. Votre coup était bien pensé et tout a fonctionné selon votre plan. Vous avez commis votre crime en un rien de temps, chapeau ! Est-ce que je me trompe ?

Oncle Sam demeure imperturbable.

– Est-ce que vous pouvez prouver ce que vous avancez ?

– Si les gars du labo passent la ruelle au peigne fin, je ne suis pas inquiet, ils vont sûrement trouver tout ce qu'il faut pour vous inculper. Avec tous leurs tests et leurs machins électroniques, ils font parler les courants d'air.

Dans le lourd silence, le visage calme d'oncle Sam paraît subitement plus âgé. Qui aurait pensé qu'un homme si doux puisse commettre un meurtre ?

— Raymond Saint-Jean ne méritait pas de vivre. Il détruisait tout autour de lui, il était méchant. L'image qu'il présentait au public ne lui ressemblait pas. Et parce qu'il était populaire, personne n'osait lui répondre. J'en avais assez de lui qui rendait tout le monde malheureux. Je sais que je n'aurais pas dû faire ça. J'ai perdu la tête.

— Question de rectifier Saint-Jean, alors là, vous ne l'avez pas loupé ! Nous ne sommes pas prêts de l'entendre déconner à nouveau celui-là. On ne pourra jamais vous reprocher de lésiner sur les moyens à prendre pour corriger une situation, oncle Sam.

— Et celui qui est en prison ne vaut guère mieux que lui.

— Je suis d'accord avec vous, Renaud Mirois est une ordure.

Lajambe se tait et s'adosse contre son siège. Après un moment, oncle Sam se tourne vers le détective.

— Qu'est-ce que vous attendez pour m'arrêter ?

— Je ne sais pas. Je me demande ce qu'un type comme vous va faire en geôle. À la charge de l'État, en plus.

Lajambe est songeur.

— Il me semble qu'il vaudrait mieux rester ici à conseiller les jeunes, à les calmer, à les aider à y voir clair dans tout ce bordel.

— Je ne suis pas doué d'une très grande patience, je ne les comprends pas toujours.

– Alors là, faudrait y aller mollo. Pas question d'en buter un autre. C'est pas parce qu'ils sont tordus qu'ils n'ont pas le droit de vivre, tout de même. Si on les liquide tous, qui va payer nos pensions, oncle Sam ?

– Et celui qui est en prison ?

– Renaud Mirois va sûrement être trouvé coupable de la mort de Raymond Saint-Jean. Je ne vois pas comment il pourrait se tirer de là.

– La justice va condamner un innocent.

– Il ne faut pas déconner en présence d'un détective de police qui termine sa carrière. Si vous voulez mon avis, on doit sanctionner un peu soi-même parfois, car si nous laissons ces décisions entre les mains des juges et des avocats, il y a bien des chances que plusieurs ne reçoivent jamais la peine qu'ils méritent.

– Mais Renaud Mirois n'a pas commis ce crime.

– J'ai un compte personnel à régler avec ce fumier. Ce qui lui arrive est bien fait pour sa gueule. Le jour où Renaud Mirois se montrera le moindrement poli, je serai en mesure de trouver des indices pour le disculper.

– Lesquels ?

– Je ne sais trop. Nous pourrions soudainement effectuer la découverte d'empreintes ou d'objets près de l'entrée des artistes, qui laisseraient croire qu'un quelconque individu aurait pu pénétrer à l'intérieur de l'Électra lorsque madame Saint-Jean avait obstrué la fermeture de la porte pour se rendre à l'auto. Une telle trouvaille serait suffisante pour semer un doute raisonnable dans l'esprit des jurés.

Sortant des coulisses, Réal et monsieur Riendeau arpentent la salle, tout en examinant le plancher comme s'il s'agissait d'un champ de mines.

— Que dites-vous de ma proposition ?

— Je l'accepte, bien sûr. Merci.

Lajambe se lève.

— Attention à la gaffe !

Il rejoint Réal et monsieur Riendeau dans l'allée. Sans faire de bruit, ils quittent les lieux.

— Quelque chose à signaler ? demande Lajambe une fois rendu dans le bar.

— Tout est normal, répond monsieur Riendeau.

— Nous n'avons rien vu de suspect, ajoute Réal. Tout est propre, on a fait le ménage.

— Bien !

Après avoir pris congé du gérant, les deux détectives se retrouvent sur le trottoir, en face de l'Électra.

— Putain de chaleur ! dit Lajambe en s'épongeant le front avec son mouchoir. Ça ne cessera donc jamais.

— La canicule tire à sa fin, on prévoit des orages pour ce soir.

— C'est pas trop tôt, bordel de merde ! Allons au bistro, Fripon, histoire de mettre quelques verres à l'abri de la pluie.

Tout en se dirigeant vers l'auto, ils discutent de l'enquête qui, selon Lajambe, tire à sa fin. Soudainement, Réal l'interrompt.

— Je dois vous faire un aveu, dit-il nerveusement en baissant les yeux.

— Ne prends pas cet air d'enterrement, Fripon ! De quoi s'agit-il ?

— Je vous ai donné une mauvaise information.

– Qu'est-ce que tu racontes ?

– J'espère que je n'ai pas nui à l'enquête… Je suis désolé. J'aurais dû vous en informer bien avant.

– C'est majeur ?

– Faut dire que plusieurs demandent à ce que l'on change les règlements, mais en ce moment…

– Enfin ! C'est quoi ces mystères ? T'as fini de jouer aux devinettes ?

C'est à propos du Scrabble.

– Le jeu avec les lettres et tout le bazar ?

– C'est ça.

– Quel est le problème ?

– Les noms propres ne sont pas autorisés.

– Mais encore ?

– Tous les noms que nous avons formés comme Picotte et Haddock ne valent rien. Ce n'est pas accepté. Je vous ai induit en erreur.

– Alors là…

Lajambe éclate de rire. Mal à l'aise, Réal ne sait plus que faire de lui, il n'a jamais vu son partenaire aussi démonstratif. Il se demande ce qu'il a bien pu dire pour provoquer une telle réaction.

– Tu t'es bien foutu de ma gueule, Fripon ! Allez, c'est ma tournée. Toujours au Château-la-Pompe ?

– Seulement si ce n'est pas alcoolisé.

Lajambe s'esclaffe de plus belle sous le regard médusé de Réal qui ne comprend toujours pas cette agitation.

– Fripon, tu as vraiment tous les talents. As-tu déjà songé à devenir humoriste ?

Hommages

Mes hommages à Yvon Deschamps, le plus grand
humoriste du Québec, et généreux philanthrope

La Fondation Yvon Deschamps
contribue à améliorer la situation des jeunes
du quartier Centre-Sud de Montréal

« Yvon, il était drôle en crime ! »

À propos de l'auteur

De formation multidisciplinaire, Michel Larocque a fondé une compagnie de production vidéo au sein de laquelle il a œuvré pendant plusieurs années à titre de scénariste, réalisateur et producteur. Puis, il met sur pied une entreprise spécialisée en rédaction. Depuis une vingtaine d'années, il écrit sur différents sujets des chroniques pour les journaux, les revues, et il publie des nouvelles et des romans.